徳間文庫

隠密鑑定秘禄(三)

下　　達

秀人

徳間書店

目次

土《ど》芥《かい》寇《こう》讎《しゅう》記《き》

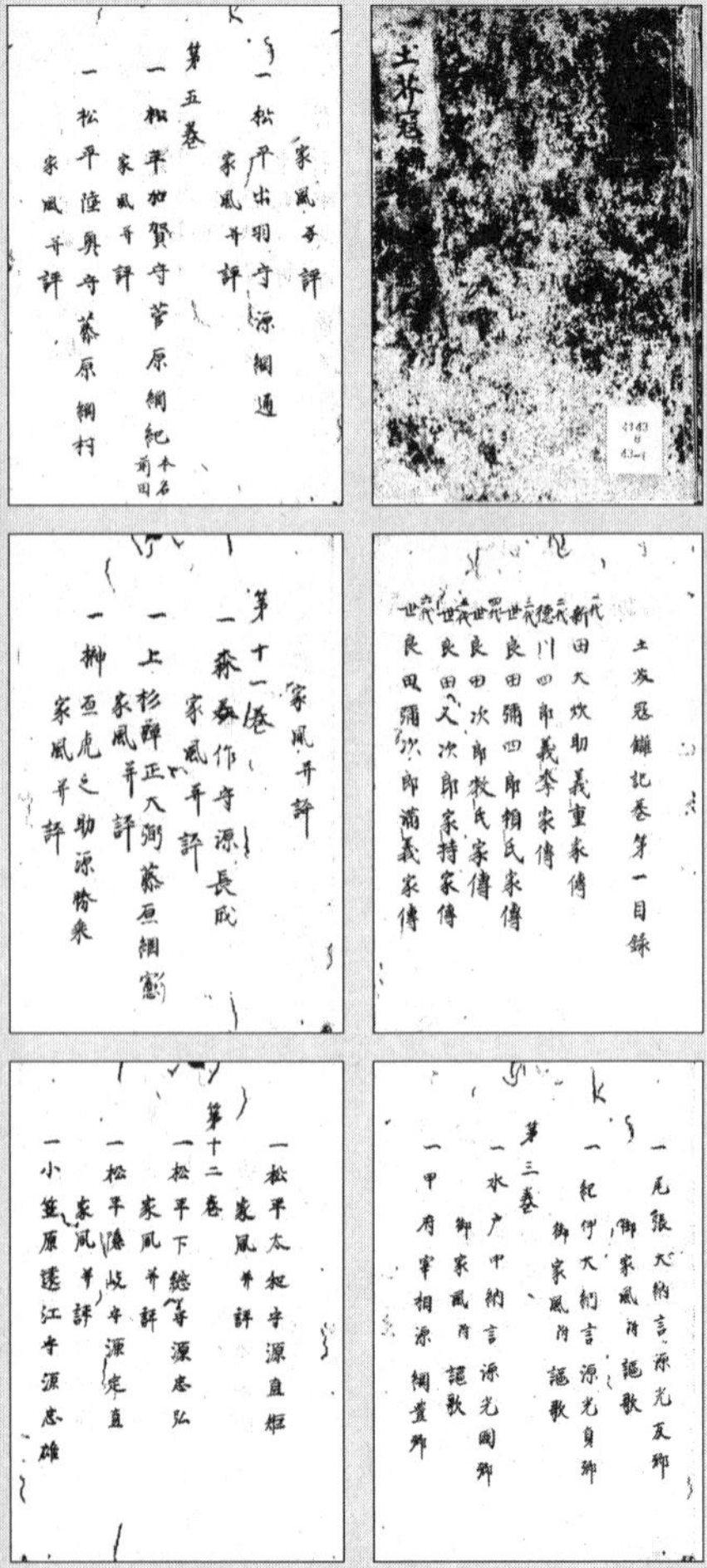

江戸時代中期の全国諸大名を網羅した人名辞典。編著者不明。全四十三巻。首巻に総目録、巻第一に将軍家の家伝、巻第二より巻第四十二までは元禄三年現在の大名二百四十三名につき、家系・略歴・居城・人柄・編者の批評などが記されている。（参考文献『国史大辞典』）

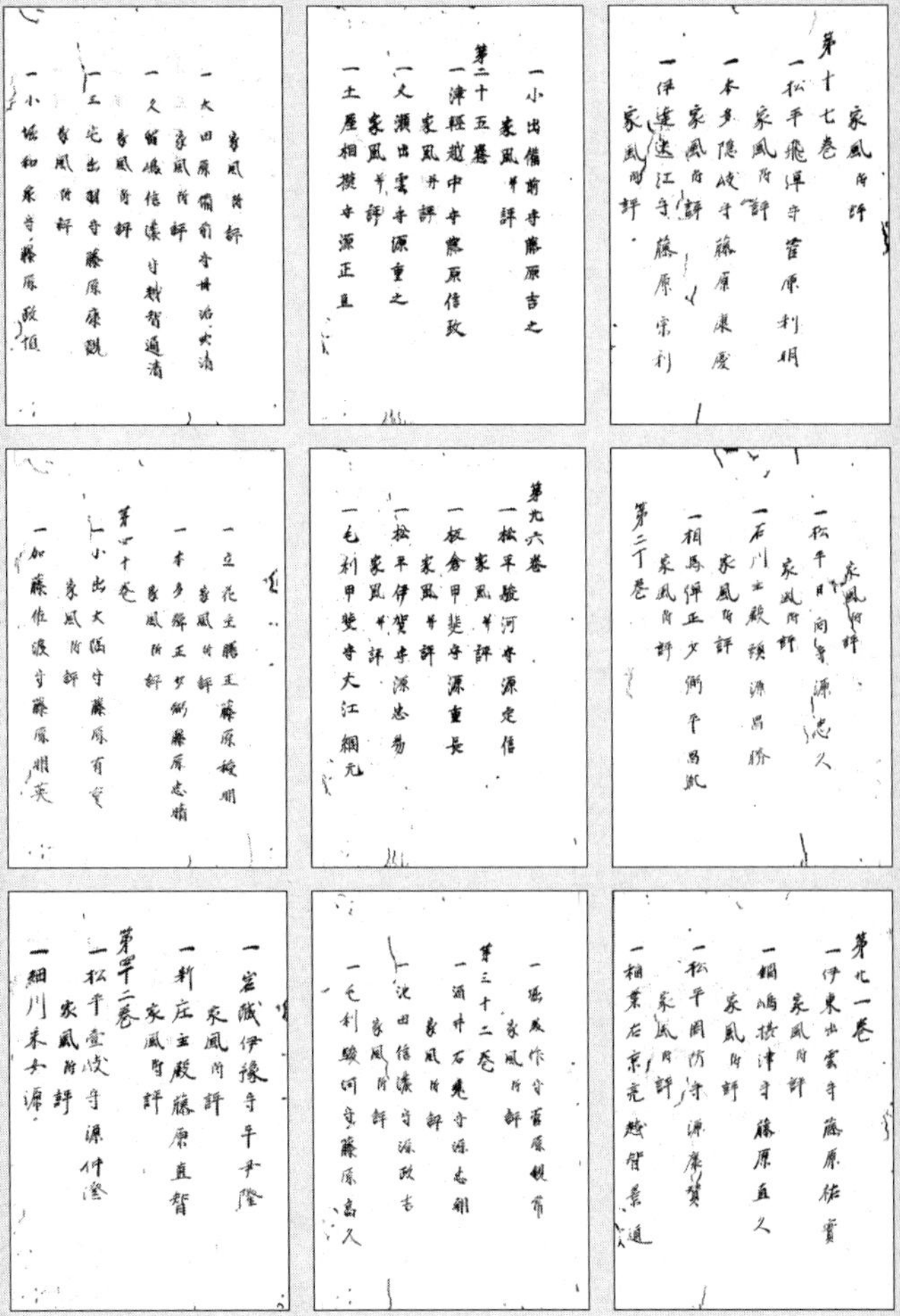
第十七巻
家風御評
一松平飛騨守菅原利明
家風御評
一本多隠岐守藤原康慶
家風御評
一伊達遠江守藤原宗利

一小出備前守藤原吉之
家風半評
第二十五巻
一津軽越中守藤原信政
家風半評
一久瀬出雲守源重之
家風半評
一土屋相模守源正直

家風御評
一大田原備前守丹治典清
家風御評
一久留嶋信濃守越智通清
家風御評
一三宅出羽守藤原康顕
家風御評
一小堀和泉守藤原政恒

家風御評
一松平日向守源忠之
家風御評
一石川主殿頭源昌勝
家風御評
一相馬弾正少弼平昌胤
第二十巻

第廿六巻
一松平駿河守源定信
家風半評
一板倉甲斐守源重長
家風半評
一松平伊賀守源忠昌
家風半評
一毛利甲斐守大江綱元

家風御評
一立花主膳正藤原種明
家風御評
一本多弾正少弼藤原忠晴
第四十巻
一小出大隅守藤原有重
家風御評
一加藤佐渡守藤原明英

第廿一巻
家風御評
一伊東出雲守藤原祐實
家風御評
一鍋嶋摂津守藤原直之
家風御評
一松平周防守源康賀
一稲葉右京亮越智景通

家風御評
一堀美作守菅原親常
第三十二巻
家風御評
一酒井石見守源忠稠
家風御評
一池田信濃守源政吉
家風御評
一毛利駿河守藤原高久

家風御評
一宮城伊豫守平和隆
家風御評
一新庄主殿藤原直矯
第四十二巻
家風御評
一松平壹岐守源仲隆
一細川采女源

「土芥寇讎記」首巻より抜粋（東京大学史料編纂所所蔵）

第一章　家格の価値

一

射貫大伍《いぬきだいご》は十一代将軍家斉《いえなり》から、有能な大名を探せとの命を受けていた。

しかし、中奥に通じる抜け穴を使って将軍と遣《や》り取りしているのを、江戸城退《の》き口《ぐち》の警固を担う山里曲輪伊賀者《やまざとくるわいがもの》に見つけられ、その排除に手間取ったこともあり、本来の任に手を付けられず、家斉から叱られる羽目になった。

「なにをしておる」

下の事情など、上は気にしない。

「さっさといたさぬか」

家斉は己の考えが動いていないことに不満を見せた。御家人とかろうじていえるような低い身分の大伍に、言いわけは許されなかった。

「急ぎ」

「とにかく一人でも」

大伍は焦《あせ》りを覚えていた。

もともと大伍は小人目付《こびとめつけ》であった。十石二人扶持《ぶち》という薄禄だったが、今回家斉からの密命を受けるにあたって、表向き無役になる代わり家禄を五十石に増やしてもらっている。

家禄は役料とは違い、なにか大きな失策をしない限り、子々孫々まで受け継いでいけた。

「問題は……どうにかして見つからずに江戸を離れるか」

大伍が眉間《みけん》にしわを寄せた。

幕府に仕《つか》える旗本、御家人には門限があった。日が暮れるまでに屋敷へと戻っておかなければならないのだ。

これはいざというとき、すぐにでも惣触《そうぶれ》に応じられるようにとのためであった。

「なんのための禄か」

幕府、いやこの場合は徳川家《とくがわ》というべきだが、家臣たちを抱えているのは戦《いくさ》に使うためである。敵を攻める、敵から城を守るため、旗本や御家人は家禄や扶持米をもらう代わりに軍役を担う義務があった。

それがいざというとき、居所が知れませんでは意味がなくなる。

幕初吉原が昼見世《ひるみせ》だけであったのも、これに起因していた。

「門限破りは改易《かいえき》」

万一のときに間に合わないとか、参加しないとか、それは禄の無駄になる。徳川家も役立たずに支払う禄があるほど余裕はない。今まで先祖代々くれてやったものが無駄になったため、対応は厳しくなった。

そもそも旗本や御家人は旅をしなかった。

遠国《おんごく》勤務や諸国巡検使など役目で江戸を離れることはあっても、無役の旗本、御家人が旅をすることはなかった。

知行所持ちの場合は、米の出来不出来、近隣との諍《いさか》いなどで在所へ出向くことはあるが、これは当然幕府へ届け出をして許可を得ている。

つまり、切米《きりまい》五十石の大伍が江戸を離れる理由がなかった。

「公方《くぼう》さまの命でござる」

こう言えれば、なんの問題もなくなる。

将軍の指図に苦情を申し立てることができる者は幕府にはいない。

「ご身分をお考えいただきたく」

せいぜい大伍の身分が低すぎると嫌みを言うくらいである。

もっとも大伍の役割が、大名の優劣を付けることだとわかれば、変わってくる。

「一度、屋敷へ遊びに来るがいい」

「某《なにがし》家の留守居役でござる。是非とも今夜吉原にて……」

少しでも家斉にあげる報告をよくしてもらおうとこびを売るか、

「そのような身分低い者になにがわかりましょうや」

「燕雀《えんじゃく》安《いず》んぞ鴻鵠《こうこく》の志《こころざし》を知らんやとはこのこと。高所から観てこそ、真実はわかるものでござる」

他の大名の弱みを握る、あるいは己と知人の評価を操作することができる好機とこそとばかりに大伍から役目を取りあげようとするか、

「我らをご信頼いただけぬと」

「大名、旗本のすべてが公方さまに忠誠を捧げておりまする。そこに優劣などございませぬ」

家斉の意図そのものを潰《つぶ》そうと考えるか、とにかく大伍にとって面倒くさい事態になると決まっている。

「余人に知られるな」

そもそも家斉の目的は、すべての大名を密《ひそ》かに評価し、そのなかから信頼できる能力と忠誠心を持つ者を選び、側近として登用することにある。

「能吏《のうり》で固めれば、躬《み》の政《まつりごと》は安泰である。後世、躬の名前が類《たぐ》い稀《まれ》なる名君として讃《たた》えられるはずじゃ」

十代将軍家治《いえはる》の直系ではなかった。家斉にとって、家治は従伯父《いとこおじ》にあたる。家治の嫡男家基《いえもと》が急逝した結果、養子として迎えられて十一代将軍となった。

いわば分家である。

「傍系ではの」

「本来は将軍になるべきお方ではなかった」

家斉に対する批判は少なくなかった。

というのも、その継承に疑義があったからだ。

将軍嫡子家基が死んだとき、候補としてあがったのは二人いた。一人は御三卿《ごさんきょう》の一つ一橋《ひとつばし》家の嫡男家斉であり、もう一人がやはり御三卿の一つ田安《たやす》家の七男である松平定信《まつだいらさだのぶ》であった。

「松平定信を田安家に返し、将軍世子《せいし》となすべし」

幼少から聡明として知られていた松平定信を推《お》す者は少なくなかった。

「薩摩《さつま》の娘と婚姻をなすようなお方に将軍となられては困る。薩摩島津《しまづ》家が将軍の外戚などとんでもない」

家斉の妻篤姫《あつひめ》は島津家から輿《こし》入れしていた。

関ヶ原から百九十年近く過ぎているが、いまだ幕府には薩摩島津藩を仮想敵と見なしている者は多い。

「離別してはいかがか」

そう家斉に勧める者もいたが、

「ならぬ」

家斉は頑として拒んだ。

三歳のころから、正室になるべく一橋館でともに生活してきた幼なじみでもある篤姫を家斉はかばった。最後には島津家と縁の深い五摂家近衛《このえ》の養女とすることで、ことは収まったが、納得していない者はいる。

結果は、家治の寵臣田沼主殿頭意次《たぬまとのものかみおきつぐ》の考えが通り、松平定信は白河藩松平家の跡継ぎとなり、家斉が世継ぎとなった。

このときの不満もある。

家斉は出だしから躓《つまず》いている。

家治の死によって将軍宣下を受けたとはいえ、まだ十五歳という若さだった家斉にとって、聞こえよがしに囁《ささや》かれる悪口は耐えがたいものであった。

「越中守《えっちゅうのかみ》など、遠く及ばぬということを天下に示す」

幼少から比較されてきた松平越中守定信の従甥《いとこおい》に家斉はあたる。近い親族だけに憎悪も強烈であった。

「躬の手足となる者を探せ」

上に立つ者は命じるだけで苦労を知らない。

そして下で動く者は、上には上の負担があることを気づこうともしない。

上と下、この理解し得ない二つを結びつけるために、仲立ちともいうべき者がいる。組頭とか、支配頭などである。

今回の不幸は、そういった仲立ちがいないことであった。

「準備もございますゆえ、しばしの猶予を」

「公方さまのお考えはこうこうであろう」

両方の立場を慮《おもんぱか》って調節する。

たしかに家斉からの命を受けるときに御側御用取次《おそばごようとりつぎ》の小笠原若狭守信善《おがさわらわかさのかみのぶよし》も同席していた。さらになかなか家斉と話すことのできない大伍の便宜を図るため、屋敷へ招いたり、家臣を使者として供してくれている。

しかし、小笠原若狭守も上の住人であった。

「命を賭《と》して完遂せい」

大伍の能力、現状を一切考慮してくれない。

結局、負担は大伍に集中した。

「名分を与えてくれれば」

すでに最後の戦いとされる大坂夏の陣から百七十余年経《た》ち、幕府に謀反《むほん》を起こそうという大名はいなくなった。

飛鳥《ひちょう》尽きて良弓蔵《りょうきゅうかく》るという故事の通り、使われなくなった武は無用のものとなる。この天明の世にいざ鎌倉はなくなっている。

当然、武家の門限も有名無実と化していた。

吉原や岡場所に何日も居続ける者もいる。なにより、軍役通りの家臣を抱えている者など、法度《はっと》を金科玉条と遵守《じゅんしゅ》する目付か、そのていどのことで足を引っ張られたくない執政衆くらいで、ほとんどの大名、旗本などは軍役など守っていなかった。

それがまかり通ってはいるのだが、法度がなくなったわけではなかった。

「射貫の姿を見ぬ」

あらたに五十石をもらって、屋敷替えもしたばかりの大伍は、近隣でも目立っている。いずれは目新しくもなくなって、誰も気にしなくなるだろうが、まだ話題の中心なのだ。

「ちょっと訪ねてみようぞ」

なかには意地の悪い者もいる。

「おらぬぞ。駆け落ちじゃ」

大伍がいないのを確認して、騒ぎ出す。

皆、暇を持て余しているのだ。なんでもいい、刺激になればそれでいい。己が、その材料になるのは嫌だが、他人ならば極上の娯楽になる。

子供のような考えだが、実践する者は意外といた。

「……近隣はまあいい」

当主が留守をする理由はいくつかある。

「しばし、湯治《とうじ》に」

そのなかでもっとも使いやすいのが、病気療養であった。

病は人を選ばない。たとえ天皇であろうが、将軍であろうが、長屋暮らしの職人だろうが、関係なくかかる。

そしてかかれば、治るまで療養することになる。

ほとんどは、自宅での安静になるが、病状や病気によっては転地療養をすることもあった。

「箱根に湯治という理由で」

かつて武田信玄《たけだしんげん》も療養に訪れたといわれる箱根には、湯治宿が多い。湯治宿は寺院の経営によるものがほとんどで、湯治の料金はお布施ていどですむ。とはいえ、食事の用意はこちらでしなければならないため、多少の費用はかかる。

「ただ湯治は日にちがかかる」

温泉は身体《からだ》を温めて、血の巡りをよくし、筋を緩めることで体調を整える。十分に効果のあるものだが、即効ではなかった。

一度湯治に出ると早くとも一月《ひとつき》、長ければ半年は要《い》る。もっとも旗本、御家人はあまり長く療養していると、病弱でご奉公かなわずとして隠居させられる。かといって十日足らずで帰ってきては、本当に湯治だったのかと疑いを抱かれかねなかった。

「なにを悩んでおられますか」

大伍の思案を明るい声が遮《さえぎ》った。

「佐久良《さくら》どのか」

屋敷のなかに入るだけではなく、近づいてこられるまで気づかなかったことに、大伍が小さく息を吞《の》んだ。

「訪《おと》ないは入れました」

屋敷の入り口で声をかけたと佐久良が首をかしげた。

「気づかなかった」

大伍が呆然《ぼうぜん》とした。

「そのように懸命な思案をなさるとは、なにかございましたか」

「いや、たいしたことではない」

家斉の密命に脅《おびや》かされているなどと口にできるはずもない。大伍ははっきりしない態度で逃げをうった。

「…………」

無言で佐久良が大伍を見つめた。

「なにか」

大伍がその真剣な眼差《まなざ》しに、気圧《けお》された。

「お役目のことでございますか」

「…………」

目を離すことなく言う佐久良に、大伍は黙った。

「ならば申しませぬ」

佐久良が首を左右に振った。

「すまぬな」

「いえ。父もなにも言いませぬので」

申しわけなさそうな大伍に、佐久良がさみしそうに微笑《ほほえ》んだ。

佐久良の実家は黒鍬者《くろくわもの》二番組の組頭を務めている。

黒鍬者は、幕府における中間《ちゅうげん》のようなものであった。もとは鉱山を探す山師、採掘師だとされている。それが戦国になり、砦《とりで》の構築、敵防御地点への工作などに従事するようになり、天下泰平以降は江戸城や幕臣の屋敷の手入れ、城下の辻《つじ》の保全などを任務とするようになった。

そのなかで黒鍬者一番組と二番組は譜代、三番組と四番組は一代抱え席と区別されていた。

譜代は大名と同じで、関ヶ原以前から徳川家に仕えていた者、一代抱え席はそれ以降で分けられている。当然、扱いにも差があり、余得がある仕事や名誉ある任は譜代が独占していた。

もちろん、譜代には表に出せない役目があった。

「森藤《もりふじ》どのもそうであろうな」

御家人として最下級にまで落ちた射貫家は屋敷を与えられず、組屋敷住まいであった。その組屋敷が、黒鍬者の組長屋にあり、そのかかわりで森藤家と親しくなった。

「さあ、片付けをいたしましょう」

佐久良がたすきをかけた。

「ああ」

大伍もうなずいた。

二

大伍は五十石に出世したことで、深川伊勢崎町《ふかがわいせざきちょう》一丁目に屋敷をもらった。

わざわざ住人を引っ越させるわけにもいかないので、空き屋敷を与えられたのだが、人が住んでいなければ家は傷《いた》む。

屋根や床が腐って抜けているとか、築地塀《ついじべい》が崩れているとか、居住できないほど荒れていれば、作事奉行の下役に申告すれば、大工や左官を手配してくれる。

もっともこれには面倒な手続きが要《い》り、かなりの日数がかかり、雨漏りとか雨戸の破れ、廊下の傷みくらいならば、自前でしたほうが早い。

幸い、大伍に与えられた屋敷は、前住者がいなくなってから数ヶ月しか経っていなかったおかげで、破損はほとんどない。

といっても、畳は湿気ているし、庭は野原と見間違うほど雑草に占領されている。たまっている埃《ほこり》を掃除するだけでも大事なのだ。

「馳走《ちそう》するゆえ、手伝ってくれぬか」

任を果たしながら、屋敷の手入れをするなど不可能に近い。できないことはないが、一人でお役を果たしながら屋敷が住めるような形に整うまで半年は要る。

また掃除や炊事のこととなると、男では手が行き届かないところがある。

かといって大伍にそれを頼む相手は少なかった。

大伍には姉がいる。かつての同僚である小者《こもの》の家へ嫁ぎ、子を二人儲けている。引っ越す前までは食費を渡すことで、二日に一度米を炊き、煮物などを作ってくれていたが、これは住んでいる長屋が同じだったからであった。それが今は離れてしまった。

子育てもある姉に無理は言えない。

そうなると大伍に残った伝手《つて》はただ一つ、幼なじみの佐久良しかなかった。

大伍は佐久良を飯で釣った。

正確には小豆《あずき》二升の現物支給で引き受けさせたのだが、一度掃除に手間取りとても炊事をしている時間がなくなったとき、屋敷近くの蕎麦屋で中食を取ったのが癖になった。

余得があるから小者よりはましな生活ができているとはいえ、黒鍬者では外食するなど贅沢の極みである。

「そのぶん、一生懸命手伝う」

あっさりと佐久良は落ちた。

「わかった」

生まれたときから知っている佐久良である。強情で気が強いこともわかっていた。それだけに言ったことは守る。

仕事が早く終わるならば、二人で一食したところで百文もかからないのだ。五十石取りの収入は、およそ年に二十両、そこから米代や小普請金《こぶしんきん》という賦役の費用などを引いても手元に十両以上残る。万一のことを考えて余剰金を残すにしても、月に二分は遣える。相場で変動はするが、一分は銭にしておよそ一千五百文、二分あれば毎日払っても一ヶ月は保《も》つ。

「大伍さんのお居間と廊下、厠《かわや》、台所はほぼ終わりましたので、残るは客座敷と仏間、それと蔵に庭でございますか」

佐久良が本日の作業を考え出した。

「仏間はもっと早くにしておくべきだったのだが……なにぶん、寝床もなくては住めぬでな」

武家は先祖を大事にする。

己が初代でない限り、武家は先祖の功で得た禄で生きている。つまり、先祖がいなければ、今はない。当たり前のように先祖を敬う。

その仏間をようやく換気ができたていどで放置しているのは気がかりであった。

「では、まずは仏間、そこから客間、それで余裕が、あれば庭の草むしりでいきましょう」

佐久良が工程を定めた。

「頼んだ」

もちろん、大伍も働く。

「仏壇のお手入れをお願いします」

「承知」

身内ではない者に仏壇を任せることは、あまり褒められたことではない。佐久良の言葉に大伍がうなずいた。

「では始めましょう」

手ぬぐいを髪に乗せて佐久良がはたきを手にした。


家斉を将軍と思いたくない者は幕府の中枢だけでなく、大名のなかにもいた。

その筆頭が松平越中守定信であることは言うまでもないが、ほかにも側用人《そばようにん》から老中にのぼった松平伊豆守信明《いずのかみのぶあきら》、御三家の筆頭尾張《おわり》徳川権大納言宗睦《ごんだいなごんむねちか》らがそうであった。

松平伊豆守や徳川権大納言は、田沼意次の重商政策で乱れた風紀を糺《ただ》すべしとして、徳川吉宗《よしむね》の緊縮財政を受け継ぐと公言していた御三卿田安家の出である松平定信こそ、十一代将軍にふさわしいと考えていた。

しかし、それは絶大な権力を誇る田沼意次によって阻止された。

「おのれ、紀州の小身あがりめ」

怒りの矛先を田沼意次へと変えた松平伊豆守ら一派は、最大の庇護《ひご》者であった家治の死を契機に田沼意次を幕閣から放逐《ほうちく》することに成功した。

とはいえ、家斉を隠居させて、松平定信を十二代将軍とすることはさすがにできなかった。

「臣下を大樹の地位におくことはならず」

他姓を継いだ者は、将軍にはなれないという不文律があったからである。

松平は家康《いえやす》が徳川を名乗る前まで使っていた名字である。松平が駄目などと言い出せば、五代将軍綱吉《つなよし》、六代将軍家宣《いえのぶ》、八代将軍吉宗も資格なしになる。

問題になったのは松平定信が養子になった白河藩松平家にあった。

白河藩の松平家は、もとの名字を久松《ひさまつ》といった。

家康が幼少のおり、尾張織田《おだ》と駿河《するが》今川《いまがわ》の板挟みとなった松平家は、今川に与《くみ》して織田に対抗した。

このとき家康の生母で父広忠《ひろただ》の正室於大《おだい》の方をどうするかで松平広忠は悩んだ。

なぜかというと於大の方は松平と同盟を組んでいながら、織田へと鞍替《くらが》えした水野《みずの》信元《のぶもと》の妹であったからだ。

今川に属すると決めた限りは織田方になった水野の妹と婚姻を続けるべきではない。結局、松平広忠は於大の方を離縁した。

その於大の方が再嫁したのが久松佐渡守俊勝《さどのかみとしかつ》であった。のち家康の独立に合わせて久松家は織田から松平へ旗幟《きし》を変えた。この久松佐渡守と於大の方の間に生まれた男子が、松平の名乗りを許されて久松松平を創始した。

久松松平は家康の異父弟によって興《おこ》された。

ようは、久松松平には直系として家康の血が入っていない。これが幕府にとっては大きかった。

幕府には一門大名、譜代大名にも厳密な区切りがあった。

一門大名の最高位は、徳川の姓を許された御三家、御三卿であり、それに家康の直系男子の家、そして代々の将軍の兄弟が立てた家が続く。譜代大名の最高は先祖を同じくする酒井《さかい》家、そして家康の天下取りを支えた本多《ほんだ》、榊原《さかきばら》、井伊《いい》などの功臣が次ぎ、そして徳川家の姫を迎えたり、どこかで徳川家の系統と血を交えた者、後はいつから仕えたか、どれだけの手柄を立てたかなどになる。

この順でいけば、久松松平は譜代でも中の上といったあたりになった。

それに久松松平家の八代目定邦《さだくに》は不満を持っていた。

「本家が格をあげるなど」

久松松平定邦は、分家筋になる。本家は伊予松山十五万石の松平定静《さだきよ》で、仙台伊達《せんだいだて》と宇和島伊達を例に出すまでもなく、長く歴史を重ねた本家と分家というのは仲が悪くなりがちであった。

その松平定静が定信の兄田安定国《さだくに》を養子にもらった。養子をもらった段階で格上げになったわけではないが、家督相続がおこなわれて定静が当主になるや、殿中席次の変更があった。伊予松平家は、三代将軍家光《いえみつ》の弟保科肥後守《ほしなひごのかみ》を祖とする会津松平家と同じ溜《た》まりの間詰めに昇格した。

水戸徳川家分家高松松平や、家康の娘が嫁いだ奥平松平家など一門の大名もいるが、徳川四天王の酒井家、本多家、井伊家、榊原家など譜代の頂点と伊予松平家は並んだ。

「無念なり」

本家に先んじたかった松平定邦は地団太を踏んだ。

「金を積んだというに」

田安定信を養子にもらうため、松平定邦はかなりの金額を田沼意次、一橋治済《はるさだ》らに贈っている。

「よしっ」

そして十一代将軍候補であった松平定信を手に入れた。

「引きつづき、ご高配を願いたく」

その後も松平定邦は、金を田沼意次に送り続けた。

「なにとぞ、ご尽力を願いまする」

田沼意次を仇敵《きゅうてき》のごとく憎んでいる松平定信も養父の頼みに抗《あらが》えず、頭をさげた。

それでも松平定邦が生きている間は、内定さえもらえなかった。

大名の家格を上げるなどは、幕府でも大事になる。いきなり、明日からということなどなかった。

「登城せよ」

まず家老が呼び出され、幕府の意図が報《しら》される。

これは家臣が反対することを避けるためであった。

家格が上がると名誉名声も高くなる。当然、それに応じた振る舞いが求められた。身につけるものから、付き合う相手まで変わってくる。となれば、それだけ費用がかさむ。

「とんでもない」

いきなり藩主に伝えると金のことなど考えず引き受けて、後でもめることが多々あったからだ。

「ありがたき仰せながら……」

つごうが悪ければ、藩主が知る前に断ってくる。

もっとも白河松平家の場合は、田安から養子を迎えてまでの要望である。話があれば、かならず松平定邦に聞こえる。

「届かずか」

願いが叶《かな》わなかったことを悔やみながら、松平定邦は死んだ。

「民部《みんぶ》め」

家格昇格の代わりか、松平定信は家斉が将軍になるのに合わせて老中となった。

「やり返してくれるぞ」

幕府の権力を手にした松平定信の思いはいきなりつまずいた。仇敵田沼意次が表舞台から消えていた。

城もほとんどの領地も家督も失い、病の床にある老人を追い詰めても、快哉は叫べない。それどころか、水に落ちた犬を追い打つようなまねは、執政にふさわしくないと白眼視されかねなかった。

「残るは……」

細かい者はまだいるが、田沼意次と並ぶのは家斉の父一橋民部卿治済《はるさだ》であった。

「息子を将軍とするために、余を白河へ送り出した」

松平定信の怒りは田沼意次へ仕返しできなかったぶん、膨らんでいた。

「もう将軍にはなれぬ。ならば、豊千代《とよちよ》を傀儡《かいらい》にして幕府を思うがままにしてくれるわ」

家斉を幼名で呼んで松平定信が独りごちた。

「老中も若年寄も勘定奉行も、要路はすべて押さえた。後は吾が子を守ろうとする一橋民部のみ」

松平定信は唇をゆがめた。

「越中守さま」

上の御用部屋に詰めている御用部屋坊主が少し離れたところから呼んだ。

「なにか」

松平定信が思案から戻った。

「御側御用取次の小笠原若狭守さまが、お話をとお見えでございまする」

「若狭守が……」

御用部屋坊主の用件に松平定信の眉間にしわが寄った。

老中の権威は加賀《かが》の前田《まえだ》、薩摩の島津でも「その方」と呼びつけることができるほどに高い。御側御用取次という将軍側近でも呼び捨てた。

「いかがなさいましょう」

老中はいうまでもなく、御側御用取次も高位の役人である。

板挟みになった御用部屋坊主が恐る恐る対応を問うた。

「しばし待つようにと」

「はい」

会うと言った松平定信に、御用部屋坊主が安堵《あんど》の表情を見せた。

「……何用だ」

老中と御側御用取次の関係は悪い。

もともと御側御用取次は、八代将軍吉宗が老中の手から幕政を取り戻すために新設した役目である。

御側御用取次は将軍に用のある者すべてを仲介する。

「ご用件を」

目通りの理由を問い、

「お伺い奉る」

「そのようなことで公方さまのお手を煩《わずら》わせるわけには参りませぬ」

諾否を決定する。

「天下の御用である」

「老中の余が求めておる」

重大事であろうが、権威であろうが、これを枉《ま》げることはできなかった。

「八代将軍吉宗公の御遺志に逆らうと」

「うっ」

幕府にとって吉宗は家康に次いで尊敬されている。享保の改革で潰れかかった幕府を立て直し、その足下を安定させた名君なのだ。

相手が老中であろうが、誰であろうが、これに立ち向かうことはできなかった。やれば間違いなく、役目を放たれる。

「邪魔者」

老中にとって御側御用取次ほど腹立たしい者はいなかった。

「……行くか」

湯飲みに残っていた白湯《さゆ》を呷《あお》って、松平定信が御用部屋を出た。

普段、老中は呼びつけた相手でも平然と待たせる。それも小半刻《こはんとき》（約三十分）なら早いほうで、半刻（約一時間）などざらであった。

こうして多忙だというのを見せつけ、老中の権威を露骨に見せる。

しかし、将軍の側近中の側近たる御側御用取次を無駄に待たせたとあれば、確実に言いつけられる。

「越中、御側御用取次は暇ではないのじゃぞ」

家斉から嫌みを言われることになる。

「お待たせいたした」

御用部屋から少し離れたところで端座している小笠原若狭守に、松平定信が近づいた。

「ご多用中に申しわけございませぬ」

君側の臣とはいえ、執政には礼を尽くす。

立ちあがった小笠原若狭守が頭をさげた。

「早速で悪いが、御用中である。用件を聞こう」

松平定信が急《せ》かした。

「承知。通告だけでございますれば」

「……通告」

うなずいた小笠原若狭守に、松平定信が怪訝《けげん》な顔をした。

「小姓番頭《こしょうばんがしら》能見《のうみ》石見守《いわみのかみ》を解任いたしましてござる」

「さようか」

知った名前が出たが、松平定信はまったく動揺を見せなかった。

「解任の理由は」

「公方さまの思うところあり、でございまする」

「思うところがおありか」

小笠原若狭守の返答に松平定信が繰り返した。

表だって理由を明らかにできないときに、将軍の思うところありというのはまま使われた。

男色の誘いに乗らなかった、咎《とが》めるほどではない些細なことでも気に入らない、ひどいときには顔が気に入らない。このような理由で咎められるわけもない。

そんなとき使われたのが、思うところありであった。

なかには知られてはいけない将軍家の秘事を偶然知ってしまったとかいう重大な場合もある。

ただ、思うところありという理由を掘り進めることは許されない。それこそ、今度は追及した者が、思うところありをくらう。

「承知した」

松平定信は承諾するしかなかった。

「それだけか」

用はすんだかと松平定信が念を押した。

「あと一つ、能見家は目通り格を剝奪されまする」

「目通り格……それはまた厳しいお沙汰《さた》であるな」

さすがの松平定信も驚愕した。

旗本にとって将軍に直接会えるかどうかは大きな誇りであった。

徳川に仕える家臣は、目通りのできる旗本と、目通りの叶わない御家人に分かれる。細かくいえば、徳川の家臣はすべて御家人であり、そのなかで主君の馬印の側に侍《はべ》ることを許された者を旗本と称した。

それが泰平になって変化した。

そして、その境目が絶対なものになった。

目通り格を失った能見石見守はもちろん、受領名《ずりょうめい》を失う。家禄も当然大幅に減、屋敷も変わる。

「付き合いを遠慮させてもらおう」

「出入りは今後お断りいたす」

そうなれば知人親戚との付き合いは断たれる。

なにせ、思うところありは、将軍直々《じきじき》に嫌われた証《あかし》である。

「離縁じゃ。娘と孫は引き取る」

妻の実家が名門であれば、連れていかれる。

まさに能見石見守は終わりであった。

「お手を止めましてござる」

小笠原若狭守が一礼して、用件の終わりを告げた。

三

いつものように登城しようとした能見石見守は、目付の訪問を受けた。

「上意である。控えよ」

客間に通された目付は前置きもなく、能見石見守に命じた。

「ははっ」

能見石見守が平伏した。

「思うところあり、能見石見守の職を解き、家禄から一千八百石を減じ、今後は目見え叶わぬ」

「な、なぜ」

上意を聞いた能見石見守が驚愕で顔をあげた。

「思うところありの意味がわからぬのか」

「………」

そう言われて気づかぬようでは、将軍を守る小姓番頭まで昇ることはできない。

「屋敷替えについても、近日お沙汰があろう。用意を怠《おこた》るでないぞ」

「ご寛恕《かんじょ》は……」

能見石見守が目付にすがった。

「お目通りかなわぬのでは無理であろうな」

すげなくあしらって目付が出ていった。

「……どうしたら」

先祖から代々受け継いできた家禄のほとんどを失った。家臣を抱えることも難しい。

名誉の家柄もなくした。

能見石見守が頭を抱えた。

「公方さまに露見していたとは」

後悔は先に立たない。

「なぜ、越中守さまの誘いに乗ってしまった……」

旗本は将軍にのみ忠誠を誓う者、老中に敬意を表しても唯々諾々《いいだくだく》と従ってはいけなかった。

「あああああ」

今更気づいても遅い。

「……そうじゃ」

能見石見守が顔を覆っていた両手を外した。

「越中守さまじゃ、越中守さまにお願いすれば、悪いようにはなさるまい」

蒼白だった能見石見守の顔に血の気が戻ってきた。

だからといって咎めを受けた身である。登城はもちろんできない。ならばと屋敷を訪ねるにしても、連日勤務の老中である。下城時刻までは屋敷からいなくなる。

「静かにせよ」

状況を理解した家臣や妻が問い詰めに来るが、能見石見守はうるさそうに追い払った。

「どこまで戻せるか」

能見石見守が腕を組んだ。

将軍最後の盾といわれる小姓番頭を務めていながら松平定信に通じて、家斉の行動を調べたり、立ち入りを禁じられている御用の間に忍びこんでなかを探ったりした。

それが家斉に知られた。

忠義高き譜代名門の旗本のなかから選ばれる小姓番頭なのだ。その小姓番頭が将軍を裏切った。表沙汰になると徳川幕府の権威が揺らぐ。それはなにがあっても避けなければならなかった。

だからといってなかったことにはできない。

能見石見守のやったことは裏切り行為である。これを隠蔽すれば、次になにかあったときも咎められなくなる。

「免職とあるていどの減封は受け入れざるを得まい」

ばれた以上無傷ですむとは能見石見守も思ってはいない。

「だが、どうしても家格落ちだけは避けねばならぬ」

まさに名門旗本の死活問題であった。

「殿」

滅多《めった》に奥から出てこない正室が、居室へ踏みこんできた。

「なにがございましたので」

正室が能見石見守の正面に座って詰問した。

「そなたには関係ない。奥へ戻っておけ」

「そういうわけには参りませぬ」

手を振った能見石見守に正室が拒否した。

「お家のことでございましょう。早朝早々からお目付がお見えになるなど、慣例にもございませぬ」

正室がつり上がった目を能見石見守に向けた。

武家には決まりではないが、慣例があった。慶事は午前中、凶事は午後というものであった。これはよいことはできるだけ早く報せたい、悪いことはできるだけ遅らせてやりたいという人情から出たものとされている。

かつて朝廷は罪人の逃亡を避けるため、朝一番に屋敷を押さえたが武家の天下になってそれは変わった。

「いさぎよいもの」

暴力ですべてを解決してきた武士が、幕府の創立で好き放題できなくなった。それでも威を張らなければならない。武は舐《な》められてはならないのだ。

そこで生まれたのが、動じない精神こそ武士の誉《ほま》れという考えであった。

それが徳川幕府でも慣例となっていた。

「お目付さまの御用は」

「確定しておらぬゆえ、今は言えぬ」

正室の要求を能見石見守が断った。

「確定していないのに、お目付さまが……」

「儂《わし》には老中首座松平越中守さまが付いている」

追及する正室に能見石見守が松平定信の名前を出してなだめた。

「御老中さまが……」

日頃奥に籠《こ》もって外へ出ることのない正室でも松平定信の権勢は知っている。

「うむ。ゆえに心配せず、慌てることなく待て。うかつな動きをして、近隣に知られるようなまねはするな」

「はい」

松平定信の名前で正室がおとなしくなった。

「では、出かける用意をする。手ぶらで訪れるわけにもいかぬでの。白木屋《しろきや》で白絹《しらぎぬ》を五つほど購《あがな》ってから参る」

能見石見守が立ちあがった。

「……ああ、実家にはなにも言うな」

名門旗本ともなると男の着替えを妻が手伝うことはない。居室を出ようとした正室に、能見石見守が釘を刺した。


何一つ変わることなく、一日の執務を終えた松平定信が八丁堀の上屋敷へと駕籠《かご》で帰ってきた。

「越中守さま」

大門の脇で大きな呼び声があがり、駕籠のなかまで響いた。

「はしたないやつめ」

駕籠の御簾《みす》からちらりと外を見た松平定信が能見石見守の姿を見つけた。

「すぐに門を閉めさせよ」

駕籠のなかから松平定信が供侍《ともざむらい》に指示した。

「よろしいのでございますか。外には大勢おるようでございますが」

「かまわぬ。気分が優れぬゆえとでもしておけ」

懸念を表した供侍に松平定信が告げた。

老中は天下を差配する。

その権力に人が集まるのは当然であった。

「わたくしめを是非に勘定奉行へ」

「先祖の地をお与えいただきますよう、公方さまに」

「大奥へ出入りをさせていただきたく」

旗本、大名、商人などが陳情という名の欲望を持って押し寄せてくる。

「考えておく」

「時期を見ての」

それらに松平定信はできるだけ応対していた。成否は別にして会うだけで、松平定信の評判はよくなる。門前払いをすると、そこから悪評が広がっていく。

家斉を傀儡にして大政委任までいきたいと考えている松平定信にとって、将軍のお膝元である江戸での評判は少なくない影響を与える。

こういった輩《やから》の相手も老中の仕事であった。

といっても、事情があるときも出てくる。

大事な案件を真剣に考えなければならないとき、かなりの客を迎えるとき、藩政のことをしなければならないとき、体調が優れないときなど、いつも通りの対応をしかねる場合もある。

そういったとき、一人一人に説明していては門番が手間取るので、大門を閉じることで本日の面会は中止だと伝えるのだ。

「今日はなしか」

「朝から並んだというに」

松平定信に目通りを願うために並んでいた者たちが、愚痴を言いながら解散していった。

「……これは他人払《ひとばら》いに違いない。拙者と二人で今後のことを考えるためのときを作ってくださったのだ」

一人能見石見守だけがつごうよく受け止めていた。

「……もうよいな」

あきらめた目通りを願う者どもがあらかたいなくなるのを待って、能見石見守が松平定信の表門へと近づいた。

「門番、門番」

能見石見守が門脇の潜《くぐ》りを叩いた。

「本日は面会はなしでござる」

潜りの上部につけられている覗き窓さえ開けず、門番が断った。

「能見石見守でござる」

あわてて能見石見守が名乗った。

「どなたにかぎらず、本日、殿はお会いにならぬ」

門番に変化はなかった。

「小姓番頭の能見石見守でござるぞ」

「殿のお気色《きしょく》優れられず、本日は何人《なんぴと》といえども通すことまかりならぬと申しつけられておりまする。立ち去られよ」

念を押した能見石見守に門番が拒絶した。

「ご確認願う。能見石見守がお目通りを伏して願っていると越中守さまにお伝えいただきたい」

「拙者が叱られる。できませぬ」

門番が冷たくあしらった。

「…………」

能見石見守が言葉を失った。

「……捨てる気か」

地の底から這《は》い出るような声で能見石見守が言った。

「使うだけ使っておいて、役に立たないとなれば弊履《へいり》のごとく捨てる。それが執政の本質であろうとも、人として許されざる仕業《しわざ》」

能見石見守が唇を噛《か》んだ。

「一人助かろうなどさせてなるものか」

血の気の引いた顔で能見石見守が宣した。

「一蓮托生ぞ、越中守」

能見石見守が屋敷を睨みつけた。

四

「殿」

城から持ち帰った政務をこなしていた松平定信の前に、用人が顔を出した。

「帰ったか」

顔もあげずに松平定信が問うた。

「はい。つい、今しがた。ずいぶんと門番相手に粘っておりましたが」

「ふん」

用人の報告に松平定信が鼻を鳴らした。

「よろしいのでございますか。門番によると、なにやら呪詛《じゅそ》を口にしていたようで」

「放っておけ。なにもできぬわ」

危惧する用人の顔を松平定信は見もせずに否定した。

「できるようならば、少しは役に立っていただろうよ。下がれ」

嘲弄《ちょうろう》の言葉を口にした松平定信が手を振った。

「では……」

一礼して用人がさがった。

「いかがでござった」

御座の間から戻ってきた用人を組頭たちが待っていた。

「捨て置け、だそうだ」

「いつもどおりでございますな」

用人の嘆息に組頭が苦笑した。

「まったく、人を人とも思わぬ」

中老が苦く頰をゆがめた。

「あの御仁《ごじん》には、周りすべてが愚かにみえておるのでしょうな」

用人も同意した。

「久松松平の血を引いてもおらぬくせに主君面《づら》を」

組頭が吐き捨てた。

「将軍の孫、それがどうしたというのだ。将軍にもなれなかったというに」

首を横に振りながら、中老も愚痴った。

家臣にとって忠誠は当主ではなく、久松松平家へ向けられている。久松定勝の血を引いていない者は主君ではない。たとえ田安徳川家という名門から来たからといって、忠義を捧げる気はなかった。

「無駄金をどれだけ……」

勘定奉行が泣きそうな声を出した。

「家格をあげてなんになる。溜まりの間詰めになれば、米の生《な》りが増えるのか、幕府から扶持米でももらえるのか」

そもそもは先代松平定邦が悪いのだが、家臣たちの憎しみは松平定信に向けられる。松平定信を田安家から迎えるために遣った金は、白河藩の藩庫の底を露《あら》わにしただけでなく、かなりの借財を抱える羽目になった。

「義父の願いであった」

そこへ松平定信が妙な孝行心を見せ、溜まりの間詰めへの格上げを願って、要路へ賄《まいない》を撒《ま》いた。

すでに借財があるにもかかわらず、湯水のごとく遣えば、それこそ藩庫は傾く。

「厩領《きゅうりょう》もなしで……」

御用部屋は松平定信への不満で一杯であった。

厩領とは、輿入れしてくる姫が連れてくる自前の家臣や侍女の禄、衣服や小間物など好みで手配するものの代金などを支払うための化粧領と同じで、養子に来る者が実家から分けてもらう領地のことである。実家、婚家の格式、石高などで変わるため、数百石から数万石にわたるが、一種の持参金と考えられていた。

これは将軍の子女でもおこなわれており、家康の孫である千姫が本多家へ再嫁するときにも十万石というとてつもない化粧領が贈られている。

ただし、この化粧領、厩領は嫁、あるいは養子が生きている間のもので、婚家のものにはならなかった。

当人の死後は、実家へ返却されるか、あるいはあらためて供養領としてもらえるか、血を引く子や孫に分割相続されるかが多い。

「なんとか老中を長く務めてもらいませぬと」

「そうじゃ。老中は定府。参勤交代をせずともすむ」

勘定奉行と中老が顔を見合わせた。

奥州白河藩は、奥州街道を押さえる要地ではある。だが、奥州には違いない。どうしても冷害や水害の被害を受けやすかった。

もともと白河藩の収支は負に傾いている。

幸い、松平定信が老中になったことで、参勤交代は免除された。領地と江戸表を一年交替で行き来する参勤交代は旅費もさることながら、江戸での滞在費が大きい。一年の間、なにもすることなく決められた数の藩士を江戸で無為に過ごさせる。物価の高い江戸での滞在は、国元の数倍の金がかかった。

「少なくない音物《いんもつ》も入る」

松平定信が老中になってから、白河藩は貰いものが増えた。

目通りを願う者も手ぶらでは来ない。

さすがに田沼意次の賄賂を非難した松平定信のもとへ、金や宝玉を持ちこむ者はそういないが、世間の贈りものとして通用している白絹や馬、鷹、刀などは遠慮なく受け取っている。これらは、そのままの形で換金できた。

「分右衛門《ぶんえもん》、あとどのくらいで借財はなくなる」

用人が勘定奉行に尋ねた。

「さようでございますな。この状況が続くならば、あと七年あれば」

「……七年か」

「長いの」

勘定奉行の答えに用人と組頭が苦い顔をした。

「ちょうどよいではないか。姫さまとの間に和子《わこ》がおできになれば、ちょうど家督相続ができるようになる」

中老がなだめた。

松平定信は先代定邦の娘を妻としている。その間に生まれた子供は、まちがいなく久松松平の血を受け継ぐ。

そして、かつては七歳を過ぎるまでよほどのことがないかぎり認められなかった家督相続が、七代将軍家継《いえつぐ》を前例として五歳でできるようになっていた。

とはいえ、まだ松平定信と姫との間に子供はできていなかった。

「足繁く奥へ通ってもらわねばならぬな」

「藩政に口出しをする暇があるならばの」

用人たちが嘲笑を浮かべた。

旅に出たくても出られない。

大伍は焦燥感に駆られていた。

「どうすればいい」

小者のなかから小人目付に選ばれるほどには優秀であったが、人に使われる立場には変わりなかった。己で判断して、動くということの経験が少ない大伍には、これはかなりの難題であった。

「相談に乗ってもらおう」

一人の頭で思いつくことには限界がある。

大伍は自力でどうにかするのをあきらめ、直属の上司に当たる小笠原若狭守のもとを訪れた。

「坂口《さかぐち》氏はお出《い》でか」

いきなり出向いて、表向きはかかわりのない大伍が小笠原若狭守と面会できるはずもなかった。

大伍は小笠原若狭守から紹介された坂口一平《いっぺい》を門前で呼び出した。

「おう、射貫ではないか」

昔からの知人を装って、坂口一平が潜《くぐ》りから出てきた。

「すまぬ。少しよいか」

「かまわぬ。殿が登城なさっておられる間、厩番《うまやばん》は手空《てす》きじゃ」

大伍の口上に坂口一平が乗った風を見せた。

「どれ、どこぞで昼飯にでもしよう」

坂口一平が先に立って歩き出した。

「……なにがござった」

屋敷から離れたところで坂口一平が問うた。

「相談がござる」

「……相談とは」

大伍の言葉に、坂口一平が目つきを変えた。

「じつは……」

「……なるほど」

話を聞いた坂口一平が首肯した。

「たしかに数日とはいえ、無役の御家人が屋敷に戻ってないというのは、面倒ごとを招きかねませぬな」

「さよう」

納得した坂口一平に大伍がうなずいた。

「これは拙者がお答えするものではございませぬ。主の意見を尋ねるべきかと」

「お目にかかれようか」

大伍が念を押した。

「お話を通しておきまする。日が暮れてから書院までお願いをいたしまする」

暗くなってから忍びこんでこいと坂口一平が言った。

「……承知」

表からは迎えてもらえないのかと大伍は内心忸怩《じくじ》たる思いをした。

旗本の屋敷は、よく似た格のものが並んでいる。

八代将軍吉宗以来、役人として仕えてきた小笠原若狭守は、当初八百石の身代《しんだい》から、何度も加増を受けて、七千石という高禄に至っている。

屋敷も加増のたびにふさわしい規模へと替えられ、今は数万石ていどの大名屋敷と軒《のき》を並べていた。

武家の門限である日没を過ぎた武家屋敷は、人通りもなくなり鎮《しず》まっていた。

「辻灯籠《つじどうろう》はついているな」

忍《しのび》装束《しょうぞく》に身を包んだ大伍が、独りごちた。

幕府開闢《かいびゃく》のころ、武家の気風は荒く、治安も悪く、将軍家のお膝元とはいえ、辻斬り、斬り盗《きと》り強盗などが多発した。

この事態に懸念を深くした幕府は、大名、旗本に屋敷の角へ辻灯籠を立て、番士をおくことを命じた。

これによって江戸の夜の治安は改善されたが、番士の手当、灯籠の油代などを負担しなければならない大名、旗本たちは不満であった。

「油が切れただと。もうすぐ夜が明ける。放っておけ」

「三人も番士は不要じゃ」

泰平が江戸へ染みていくにつれて、辻灯籠、辻番士は減っていった。

とはいえ、将軍側近の旗本が辻灯籠の油を惜しむわけにもいかず、小笠原若狭守の屋敷は明るく照らされていた。

「ぜいたくな」

大伍が、盛大な明かりをまき散らす辻灯籠になんとも言えない顔をした。

貧しい御家人や黒鍬者は、油代がないため、日が暮れれば寝るしかない。なにか作業をしたいのならば、月明かりか、費用の安い鰯油《いわしあぶら》などに頼る。

鰯油は臭いもきついし、すすが大量に出る。

小笠原若狭守の辻灯籠はすすけていない。使用しているのが高価な豆油や菜種の油だとわかる。

「……照らすほど、陰はできる」

明かりはかならず陰を生む。そして光が強いほど、闇は濃くなる。

「どれ……」

大伍があたりの気配を探り機を見計らって、灯籠の光が届いていない小笠原若狭守屋敷の塀を乗りこえた。

武家屋敷というのは、外への警戒に集中している。逆に入りこんでしまえば、後は無人の野をいくようなものであった。

「…………」

庭を進みながら、大伍は緊張していた。

「わざわざ夜に来いというのだ。なにも他人目《ひとめ》につくなというだけではあるまい」

家斉といい、小笠原若狭守といい、大伍を、いや格下の者を道具として使えるかどうかをことあるたびに確かめようとする。

「……やはり」

当主の居間に繋がる庭には、何人もの警固が立っていた。

「ここは駄目だな」

邪魔だからといって小笠原若狭守の家臣を実力で排除するわけにはいかない。大伍は最短での到達をあきらめた。

「……上からだな」

大伍はそっと後戻りをして、侵入口付近で経路を考えた。

「あの庭木から、屋根へと飛び移れば……」

人の視界は左右に広く上下に狭い。

ただ、夜は星や月の明かりが上から注ぐ。気をつけないと影を落とすことになる。

「…………」

庭木に這いのぼった大伍が、慎重に様子を探りながら屋根へと飛んだ。

「……ふっ」

そのまま足を着ければ、屋根瓦が音を立てる。

空中で大伍は猫のように身体を丸め、足ではなく背中全体で転がるように降りた。

体重を受ける瓦の数を増やし、一枚あたりの沈みこみを減らすことで音が立つのを防ぐためであった。

「…………」

すばやく体勢を整えた大伍は、耳を澄ませた。

「……よし」

屋敷内も庭も変化がないのを確認して、大伍は匍匐《ほふく》の状態で屋根の上を進んだ。

「ここだろう……」

大伍が屋根に耳を付けて探った。

「いるな」

いかに潜んでいても、特殊な呼吸法を身につけていないと気配を消すことは困難であった。

「坂口だな」

庭から来なければ天井からだろうと、待ち伏せていると大伍は考えた。

「ふん」

鼻先で笑った大伍が、そっと離れた。

「台所は……あった」

屋敷で台所と浴室は煙や湯気を抜くための口が屋根に設けられていた。

「このあたりに」

台所脇の口から身を滑りこませた大伍は、繋がっている屋根裏から下働きの女中たちの部屋へと降りた。

夜が明ける前から朝食の用意を始めなければならない下働きの女中たちの起床は早い。夜更かしをしていてはとても務まらない。

下働きの女中たちは夜の仕事が終わるとすぐに寝る。また、一日働きづめなのだ。一度寝入れば多少の音で目が覚めることはなかった。

「男は馬の轡《くつわ》の音で目を覚まし、女は襖《ふすま》の開く音で目を開けるというが……」

小笠原若狭守家の女中たちは、大伍が寝床の隣、頭の上を通っても眠りこけたままであった。

「佐久良なら起きるな」

譜代の黒鍬者の正体を知っている大伍が苦笑した。

「……………」

女中部屋を出た大伍は、廊下をゆっくりと歩んだ。

「部屋の前にも寝ずの番」

目的の部屋の前に小笠原若狭守の家臣が端座していた。

「屋根裏に坂口、廊下に家士。いい加減腹が立つ」

どう考えても無理筋な話であった。

「少し憂さ晴らしをさせてもらおうか」

大伍は懐《ふところ》から棒手裏剣を取り出した。

「代金は払っていただく」

せっかく伊賀者甲田葉太夫《かぶとだようたゆう》から手に入れた貴重な、棒手裏剣を大伍は使うことにした。

「切っ先に厚く巻いて」

腹が立ったからといって、小笠原若狭守の家臣を傷つけたり、殺したりはできない。

大伍は棒手裏剣の先を手ぬぐいで松明《たいまつ》のようにした。

「…………」

廊下の角から顔だけ出し、大伍は棒手裏剣を家臣めがけて投げた。

「ぐっ」

側頭部に棒手裏剣を喰らった家臣が、小さなうめき声とともに崩れそうになった。

「さっ」

投げると同時に駆けだしていた大伍が、倒れる寸前の家臣を受け止めた。

「……さて」

そっと家臣を横たえた大伍が、忍び装束を脱いでひっくり返した。大伍の使う忍装束は、濃い灰色の側とごく普通の縞柄の表裏になっている。

「ご免仕《つかまつ》る」

小笠原若狭守の待ち構える部屋の襖へ手をかけた大伍は、返答を待たずして開いた。

「……来たか。遅かったの」

ほんの一瞬目を大きくした小笠原若狭守が、すぐに落ち着きを取り戻した。

「ご歓迎の用意をいただいていたようでございましたが、間に合わず」

間に合わずというところに大伍が力を入れた。ようは、そちらが力不足であったと言い放ったのである。

「ふむ」

小笠原若狭守が鋭い目で大伍を睨んだ。

「丹羽《にわ》……」

後ろで坂口一平の声がした。気を失った同僚に気づいたのだ。

「射貫、きさまっ」

坂口一平が大伍に迫った。

「分をわきまえろ」

いかに小身とはいえ、大伍は直参《じきさん》である。小笠原若狭守の家臣にすぎない坂口一平に呼び捨てられる理由はなかった。

「黙れっ」

頭に血がのぼった坂口一平が、大伍につかみかかろうとした。

「控えろ、一平」

　鋭い声で小笠原若狭守が制した。

「殿……」

「そなたが間違えておる。下がれ」

「……はい」

　主君に言われては仕方ない。坂口一平が廊下まで引いた。

「若狭守どの。いい加減にしていただく。公方さまのお役目の邪魔をなさっていると気づいておられるのか」

「試しただけだ」

「笑わせてもらってよろしいか。すでに拙者は警戒厳重な中奥御用の間まで出向いておるのですぞ。まさか、ここはそれ以上だと」

「………」

　指摘された小笠原若狭守が黙った。

　将軍の私室よりも小笠原若狭守の屋敷が堅固であるなど、それこそ問題になる。

「年寄りは、何度でも確かめずにおられぬのだ」

「迷惑でござる」

遠慮なく大伍は言い放った。

「無礼であるぞ」

「やかましい」

背後で坂口一平が激高したが、振り返りもせず大伍が怒鳴りつけた。

「控えよと申したぞ、一平」

小笠原若狭守も不快そうに眉をひそめた。

「……申しわけございませぬ」

坂口一平が頭《こうべ》を垂れた。

「さて、話を聞こう。なにやら相談が……」

「まずは弁済をいただきましょう。貴重な道具を浪費いたしました」

話を変えようとした小笠原若狭守を、大伍は遮った。

「それくらい自前でいたせ。禄をもらっているだろう」

「まだ玉落ちではございませぬ」

禄米取りは一年に三回、米を現物支給される。それを札差《ふださし》に預けて金に換えてもらうのだ。加増を受けてまだ一月ていどの大伍は一銭の金も一粒の米ももらっていなかった。

「公方さまにおねだりいたしますぞ」

「それはならぬ」

家斉に請求すると告げた大伍に小笠原若狭守が慌てた。

まだ若い将軍は気が短い。己の命じたことをこなそうとする大伍の邪魔をしたとなれば、御側御用取次の小笠原若狭守でも叱責は免れなかった。

「いくらだ」

「三両」

値段を問うた小笠原若狭守に大伍はふっかけた。

「一平、手文庫を」

「はっ」

するすると膝で進んだ坂口一平が、棚に置かれていた小さな箱を取り小笠原若狭守に渡した。

「これでいいな」

小笠原若狭守が小判を五枚差し出した。

「……遠慮なく」

毒喰らわば皿までである。大伍は遠慮なく受け取った。

「これを外の御仁に。お見舞いでござる」

そのうち二両を大伍は小笠原若狭守に返した。

多めに渡して引け目を感じさせようとした小笠原若狭守の思惑を、見舞い金という名目で大伍は躱《かわ》したのであった。

「預かろう」

わずかに顔をゆがめてうなずいた小笠原若狭守が気分を変えるように背筋を伸ばした。

「話を始めよう」

「はっ」

今度は大伍も素直に同意した。

第二章　任官

一

能見石見守が家斉の怒りを買ったことは、すぐに江戸城下に拡《ひろ》がった。

「お金を返していただきたく」

「なにか金目のものを……」

出入りの商人が、少しでも損をしまいと押し寄せてきた。

「ええい、うるさい。さっさと追い払え」

書院で能見石見守が家臣を叱りつけた。

「ですが……」

家士が戸惑った。

すでに節季ごとの雇いであった流れの用人は沈む舟から逃げだすねずみのように、手近な壺などを持ちだして逐電《ちくでん》している。

中間や小者なども、そのほとんどが給金のあてがなくなったことで去っていた。

「どうなるのでございましょう」

代々能見家に仕えることで生きてきた譜代の家臣たちにとって、主家が咎められるなど思ってもみない。まさに青天《せいてん》の霹靂《へきれき》であった。

「わからんわ」

能見石見守が大声を出した。

「それより、金じゃ。当家にはどれだけの金がある」

「……ございませぬ」

問われた家臣がうなだれた。

「金蔵は」

「とうに空でございまする」

「勘定方には」

「すべて商人たちによって持ち去られましてございまする」

「当家の金ぞ。どうして止めなかった」

首を左右に振った家臣に能見石見守が驚愕した。

「証文を持ち出されては……」

家臣が泣きそうな顔をした。

御家人とか少禄の旗本なら、店に出向いて買いものをする。それが高級旗本、大名となると、商人を屋敷に呼んで納品をさせ、支払いは節季ごとであった。

ようはつけで買いものをしている。言いかたを変えれば、借金であった。

「金はないのか」

「残るは殿のお手元金だけでございまする」

念を押した能見石見守に家臣が応えた。

「手元金なぞ、とうにないわ」

能見石見守が吐き捨てた。

手元金とは、当主の好きに遣える金のことであった。まず買いものをしない当主は、ほとんどの場合お手元金は、家臣への褒美や見舞いにあてられた。あるいは表に出したくない要路への気遣いなどにも遣われた。

「金が要る」

能見石見守が立ちあがった。

「戦うには金が要る」

「……戦われる」

聞いた家臣が怪訝な顔をした。

「どこと……」

家臣が尋ねた。

「言えぬわ」

まさか老中首座松平越中守定信に復讐するためだなど、家臣相手でも言えるはずはなかった。

「これと……これを」

立ちあがった能見石見守が、書院に飾ってあった香炉、差し替えの太刀を手にした。

「金に換えてこい」

能見石見守が家臣に命じた。

「お待ちを。どちらもお家重代《いえじゅうだい》の宝物でございまする」

家臣があわてて止めた。

「かまわぬ。当主は余じゃ」

「それにもう夜でございまする。どこも店は閉じておりまする」

家臣が抵抗した。

「その家の大事なのだ。つべこべ言わずに従え。閉まっているなら、叩き起こせ」

必死に手を振る家臣へ能見石見守が刀などを押しつけた。

「商人に取られるなよ」

注意を与えて、能見石見守が家臣を送り出した。

減禄、家格落ちは旗本にとってなにより厳しい咎めだが、改易に比べればかなり甘かった。

所領、禄、手当のすべてを取りあげる改易は、旗本としての籍も失う。

「ただちに屋敷を明け渡せ」

家人の受けた衝撃など気遣うことなく、すぐに追い立てが始まる。

「持ち出してよいのは、身につけている衣服と着替え、夜具のみじゃ」

さらに改易は先祖代々の家宝も、貯めこんできた財も没収する。

なにせ改易されたというのは、徳川の家臣ではなくなったことを意味する。家臣でもない者に屋敷を使わせるわけもなく、代々の禄で貯めこんだものも取りあげて当然なのだ。

「恥を掻《か》かせてやる」

能見石見守が低い声で言った。


小笠原若狭守はじっと大伍を見つめていた。

「一平から聞いていたとおりであったか」

大伍が用件を告げ終わると小笠原若狭守がうなずいた。

「留守をしても不思議ではない理由のう」

小笠原若狭守が腕を組んだ。

「関東近隣の大名家ならば、三日、四日でことたりますゆえ、まだどうにかなりましょうが、公方さまのお望みは天下六十余州。それこそ一年かかることもございまする」

大伍がごまかせないと言った。

幕府への警戒が厳しい薩摩や長州など、往復だけなら三十日でどうにかなる。しかし、城や城下の御殿に忍びこんでとなると、慎重のうえにも慎重を重ねなければならない。下準備だけで一ヶ月や二ヶ月は吹き飛ぶ。

「遠国赴任だと、江戸にいるのがおかしくなる」

「はい」

長崎奉行のように、一年交替で長崎と江戸在府する役目は珍しく、かえって目立つ。

「そういえば、そなた剣術は何流じゃ」

ふと思いだしたように小笠原若狭守が訊いた。

「父から手ほどきを受けただけで、道場には通っておりませぬ。それだけの余裕もございませんでしたし」

大伍が苦い顔をした。

十石やそこらの禄では、とても剣術を習うだけの余裕はなかった。

「我流か。それにしては遣えると聞いたが」

ちらと小笠原若狭守が坂口一平を見た。

「まちがいなく目録以上はあるかと」

坂口一平が大伍の技量を評した。

「手裏剣も得手のようじゃな」

小笠原若狭守が苦笑を浮かべながら確認した。

「これは小人目付になってから、修練したもので」

小人目付は、目付の命で探索もする。本職にはとても敵《かな》わないが、忍としての素養も要った。

「武術修行で届けを出すのがよさそうじゃ」

「……武術修行でございまするか」

大伍が首をかしげた。

幕府には将軍家剣術指南役としての柳生新陰流《やぎゅうしんかげりゅう》、小野派一刀流《おのはいっとうりゅう》があった。他にも馬術、弓術の小笠原流が幕臣の指南をしている。

といったところで無料ではなく、束脩《そくしゅう》がかかる。また、今さら武でもあるまいと旗本、御家人の多くは、これらを学んでいなかった。

「剣術で名をあげる」

戦のなくなった今、手柄を立てることはできなくなった。

「先祖の禄がある」

悠々自適、子々孫々まで安泰だと思う者もいるが、加増や家格をあげたいと思う者も多い。とくに旗本の次男、三男は養子にでもいかなければ、実家で朽ち果てるしかないのだ。

その腐れゆくだけという運命に逆らうため、武にうちこむ者も少なくはなかった。

「某流の免許だそうな」

そういった噂で、養子先が見つかったり、町道場の師範代などになれることもある。

「なにとぞ、修養の旅をお許しいただきたく」

そんななかでも、世すぎではなく純粋に武を極めたいと願う者もいた。

「江戸の道場剣術では……」

泰平の道場は、どうしても商売に傾く。道場主も食べていかなければならない。

それに不満を抱く者は、全国の強者《つわもの》どもとの研鑽《けんさん》を夢見る。

これが諸国武術修行であった。

江戸から離れることが許されない旗本、御家人でも、組頭の推薦を受けて届けを出し、認められれば年限を区切って認められた。これは書院番組であっても小普請組《こぶしんぐみ》であっても同様の手続きとなっている。

なにより武術修行中はどこへ行こうが、江戸に戻っていようが、問題にはならない。

「小普請組頭には、余から伝えておく」

小笠原若狭守が決定した。

「願い書きはどのように」

御家人に武術修行の願いの書きかたなど知るよしもない。

「知らずして当然か。余もわからん。そのあたりは表右筆《おもてゆうひつ》にさせよう」

幕政にかかわることは奥右筆が、徳川の内政と旗本御家人にかかわることは表右筆がおこなう。もちろん、いろいろと交錯もしているので、絶対に正しいわけではないが。

「お願いをいたしまする」

大伍が一礼した。

「では、これで」

用は終わったと大伍は腰をあげようとした。

「待て」

小笠原若狭守が大伍を制止した。

「なにか」

中途半端な姿勢の応対は無礼になる。大伍が座り直した。

「小姓番頭の能見石見守だが、お役御免となった」

「……ほう」

聞かされた大伍が思わず驚きを漏らした。

「つまりは空きができたということよ」

にやりと小笠原若狭守が口をゆがめた。

「有象無象《うぞうむぞう》が、蠢《うごめ》き出すだろう」

幕府の役職には限りがあった。それに比して、役に就《つ》きたい者は数倍いる。どこかで空きが出たとなれば、自薦他薦が一気に溢《あふ》れてくる。

「越中守のもとにも参ろうな」

小笠原若狭守が目を細めた。

「…………」

能見石見守が松平定信に繫がっているのと探り当てたのは大伍である。一つ除《の》けても、また出てくるのかと、大伍は辟易《へきえき》していた。

「武術修行御許可がおりるまで、しばしかかろう。それまで、空いた席に入りこもうとする者を見定めて参れ」

「どなたが席を望んでおられるかの名簿はいただけましょうや」

小笠原若狭守の指図に、大伍が情報を要求した。

「わかり次第、一平を行かせる。それまで屋敷から出歩かぬように」

「承知仕った」

大伍がうなずいた。

二

小姓番頭は、旗本のなかでも三河以来の名門譜代でなければまず届かない名誉ある役目であった。

役高は四千石、六番組まであり、与頭《くみがしら》一人、番士五十人が付属する。

番方旗本のなかでは大番組頭に次ぐ格式を持ち、大目付や留守居などへの立身もある。

まさに旗本垂涎《すいぜん》の役目であった。

「なにとぞ、わたくしめをご推挙賜《たまわ》りたく」

「吾《わ》が子息ならば、きっと公方さまのご期待に応えられると」

自薦他薦が直属の上司になる若年寄のもとへと殺到していた。

「……………」

だが、若年寄はなにも答えられなかった。

旗本を統括する若年寄とはいえ、上司にあたる老中や御三家、御三卿など有力一門衆の意向を無視できないからだ。

「では、貴殿にお任せしよう」

手土産に目がくらんだか、心底人物を信じてのことかはわからないが、若年寄が誰か一人を候補にすれば、

「勝手なまねを」

「某より、こちらの者こそ」

老中や一門衆の面目を潰すことになりかねない。

「もう少し遣えるかと考えていたが……」

いずれは京都所司代、あるいは大坂城代を経て、老中へともくろんでいる若年寄の先は閉ざされる。

「解任」

さすがにこれを理由としての免職は無理であるが、

「職に励めよ」

ずっと若年寄で据え置くことはできた。

「考えておこう」

名目上の任免者でありながら、若年寄には実際の決定権がなかった。

それをわかりながら能見石見守の後釜に座りたい者は、若年寄にも挨拶をしてくる。

「御老中さまにお願いなされれば」

知らないところで、人事が決められた。老中には文句を付けられない。となると若年寄の怒りは、新しい小姓番頭へと向かう。

「お目通りの引目を」

新任者を将軍に紹介するのは、直属の若年寄の役目である。

「その辺に座っておれ」

役目柄拒否できないので、雑な扱いになる。

「ずれておる」

将軍への謁見《えっけん》は、役職と目的などで座敷が変わるだけでなく、手を突く場所も変わってきた。

上段の間敷居より何枚目の畳の縁《へり》から、何筋下がった目のところに両手の中指が届くようにしなければならないとか、重箱の隅を突《つつ》くような決まりがあり、それを目付が見張っている。

一度くらいで咎めを受けることはないが、旗本を監察する目付に叱られるというのは、大きな負担になってくる。

「御成《おなり》である。控えよ」

そこに天下人たる将軍が出てきたら、精神の落ち着きなど吹き飛ぶ。

「痴《し》れ者めが」

あわてて手を突いたら決められた場所ではなかったとか、額を畳に押しつけなかったとか、些細な失敗を犯す可能性は高くなってしまう。

「用人を呼べ」

大名の場合は家老、旗本の場合は用人が主君の不始末のために呼び出されでもしたら、就任はなくなるどころか、能見石見守と同じように咎めを受ける。

「そうでない。こうじゃ」

「公方さまのご尊顔を拝するな」

そうならないように引見役の若年寄はいるのだ。

嫌われては元も子もない。

能見石見守の跡を狙う者は、若年寄への挨拶を決して省かなかった。

「一平、八丁堀には目を付けてあるな」

大伍の訪問から数日後、小笠原若狭守が坂口一平に問うた。

「二人出してございまする」

「大丈夫なのだろうの」

答えた坂口一平に小笠原若狭守が疑わしい目を向けた。

「厳重に言い聞かせてございまする」

坂口一平が首肯した。

十分な警戒をしていたにもかかわらず、小笠原若狭守のもとへ大伍はたどり着いた。それは警固が大伍を見過ごしていたという油断の証であった。

「次はないぞ」

大伍が用をすませて帰った後、小笠原若狭守は家臣を集めて叱りつけた。

松平定信を筆頭に、将軍の側近である小笠原若狭守のことを排除したいと考えている者は、幕閣にも少なからずいる。

なかには実力で小笠原若狭守を片付けようと動く者がいないとはかぎらなかった。

「万一はございませぬ」

腹心の坂口一平にとっても痛恨のできごとであったのだ。

「儂が悪いとはいえ、射貫に不信感を抱かせてしまった」

年寄りのならい、石橋を叩いても渡らないくらいの慎重さが裏目に出た。

「いい気はしない」

大伍が露骨に非難した。

「試すほうはよいが、試されるほうはたまらぬ。そのことに今さら気づくとは、無駄に歳《とし》を取っただけの老害じゃわ」

小笠原若狭守が苦笑した。

「そのようなことはございませぬ。射貫が無礼で……」

「止《や》めよ」

坂口一平の慰めを小笠原若狭守が制した。

「そなたは陪臣じゃ。射貫を呼び捨てにできる身分ではない。まだわからぬのか」

「……申しわけございませぬ」

叱られた坂口一平が手を突いた。

「我らが悪いのだ」

小笠原若狭守が己だけでなく、坂口一平の態度も問題だと言った。

「欠員補充はできるだけ早くが慣例じゃ。ましてや小姓番頭は公方さまをお守りする最後の盾である。一人とはいえ、徒《あだ》や疎《おろそ》かにはできぬ」

「…………」

坂口一平が無言で聞いた。

「越中守の屋敷へ顔を出す者も、今日明日には終わろう。今からの連中は出遅れたことになる」

早い者勝ちというわけではないが、人として最初に、早いうちに来た者を好ましく思うのは自然であった。

「手抜かりなきように、今一度気を引き締めさせまする」

釘を刺した小笠原若狭守に、坂口一平が首肯した。


八丁堀の白河藩屋敷は、石高と老中という役目にはふさわしくないほど小規模であった。これは、町奉行所の与力、同心の組屋敷のなかに埋もれるように建っているためである。

だが、その代わりに治安はよかった。よほど肚の据わった盗賊や斬り盗り強盗でも、町奉行所の役人が三百人近く集まっている八丁堀には近づきもしない。

その屋敷を夜が更けてから、密かに訪れる者がいた。

「…………」

駕籠を中心に十人ほどの集団から抜け出した一人が、門に向かって声をかけた。

「…………」

しばらくして、大門が片側だけ、駕籠が通れるくらい開かれ、一行はそのままなかへと吸いこまれていった。

「誰かわかるか」

少し離れたところから様子を窺っていた小笠原若狭守の家臣たちが顔を見合わせた。

「わからん」

暗くなると人の顔は判別しにくい。

さらに小姓番頭になりたいと願う旗本全員の顔を覚えているはずもなかった。

「拙者が後を付けよう」

一人が駕籠の帰りを尾行して、どこの者かを確認すると言った。

「頼む」

残るほうがうなずいた。

「これで四人……」

「まだ来るかの」

見張り始めてからの人数を確認した家臣に、もう一人が問うた。

「どうであろうな」

「役高四千石だでなあ」

二人が嘆息した。

八代将軍吉宗が始めた足高の制は、その役職にある間だけ加増し、離職とともにもとの家禄へと戻すものであった。

こうすることで格下でも有能な者を引きあげて役目を果たさせることができるうえ、かつてのように役に合わせて加増するという無駄をしなくてすむ。なにせ加増してしまえば、なにかないかぎり子々孫々までその禄を与えなければならなくなる。

享保の改革の一つとして、まさに画期的なやりかただったが、吉宗が死んですぐに抜けがらになった。跡を継いだ家重《いえしげ》が、絵に執心し政に興味を持たなかったことを利用した老中をはじめとする役人たちが、足高の制を骨抜きにした。

「十年、役目にあれば役高に合わせた足高をそのまま与える」

一応、職務に精励していればという名目だけは付けているが、そのようなもの無能でも失策さえしなければ辞任しなくていいのだ。

「昇進した場合は、その前の役目も加算する」

ようは役目について十年で、加増することになった。

「火に集まる虫のようだな」

「餌が美味《うま》すぎるからな」

二人の目が大門へと戻った。


松平定信は、うんざりしていた。

「わたくしを小姓番頭に」

「公方さまへの忠誠厚い安祥《あんじょう》譜代で小姓番頭は占めるべきではないかと」

毎日、欲望を隠しもしない連中が訪れて、なかなか帰らない。

「考えておく」

「……我が先祖は神君家康公が、武田信玄と……」

気に入る答えをもらうまで、延々といかに己こそ小姓番頭にふさわしいかを語り続ける。

「若年寄に伝えておこう」

「おおっ、かたじけなし」

推挙を受けられたと勘違いして、ようやく満足する。

「誰が推挙すると言った。名前を伝えるだけじゃ」

送り出して松平定信は吐き捨てる。

この繰り返しに、松平定信は辟易していた。

「拙者は長く、この機が来ることを待ち望んでおりました」

本日の来客も同じであった。

「なんどかお役付のお誘いを受けておりましたが、お断り続けて参ったのは譜代の旗本としてもっとも畏《かしこま》るべき公方さまのお近くでお仕えしたいと願っていたからでございまする」

「……さようか」

松平定信が流した。

「満を持して、この佐伯功大夫《さえきこうだゆう》にご奉公申すべきときが参りました。どうぞ、拙者に小姓番頭のお役を務めさせていただきますよう」

「意欲はわかった。が、すでに何人かからの願いを受けておる」

松平定信が佐伯功大夫を推挙する気はないと暗に告げた。

「そのような輩と拙者ではものが違うと申しましょう。拙者は柳生新陰流において目録を、宝蔵院流槍術《ほうぞういんりゅうそうじゅつ》では免許を……」

滔々《とうとう》と佐伯功大夫が自慢を始めた。

「同じである」

「……なにが同じと」

遮られた佐伯功大夫が怪訝な顔をした。

「皆、武術の達人だと申していた」

「それは、偽っておりますぞ。欺《だま》されてはなりませぬ」

松平定信の言葉に佐伯功大夫が慌てた。

「拙者は八歳のころから……」

「のう、佐伯」

またぞろ経歴自慢を始めようとした佐伯功大夫を松平定信が制した。

「小姓番頭は公方さまをお守りするのが役目。武術はできて当然である。それは自慢するに能《あた》わず」

「…………」

痛いところを突かれた佐伯功大夫が黙った。

「他にないのならば、帰るがいい」

松平定信が手を振った。

「他に……」

佐伯功大夫が松平定信を見た。

「余に推挙を求めるのであろう。ならば、余に見返りがあって当然ではないか。見も知らぬ者、利害さえない者をどうして推挙できる。推挙には責任が生じるのだ。そなたが何かしでかせば、余にも影響が出る」

「それは……」

言われた佐伯功大夫が詰まった。

推挙というのは、万一のときの保証人でもある。佐伯功大夫が家斉の機嫌を損ねたならば、松平定信に苦情が来る。

「金でございましょうか」

「そのようなもの、不要じゃ」

窺うように問うた佐伯功大夫を、松平定信が一蹴した。

「では、娘を御側に……」

「要らぬ」

松平定信が嫌悪感を声に乗せた。

「……ひっ」

その剣幕に佐伯功大夫が怯《おび》えた。

「そなたに求めるのはただ一つ、余に従うことだ」

「越中守さまに。それは当たり前のことではございませぬか」

松平定信の要求に佐伯功大夫が首をかしげた。

老中の権威は大きい。幕府役人で老中の意向に逆らう者はいない。

「公方さまのお指図より、余の命を重く受け止めよ」

「……なっ、なにを」

松平定信の意図に気づいた佐伯功大夫が愕然とした。

「まさか……」

「公方さまに害を加えよとは言わぬわ。そのようなまねをしては、誰も付いては来なくなる」

佐伯功大夫の想像に松平定信があきれた。

どのような事情があっても将軍殺しは、天下の支持を受けられない。

十三代室町将軍足利義輝《あしかがよしてる》を討った三好《みよし》家が、天下人になるどころか衰退の一途をたどったのも、人望をなくしたからであった。また、比叡山焼き討ち、長島一向一揆殲《せん》滅《めつ》と無慈悲なまねを繰り返した織田信長《のぶなが》が、敵対した室町十五代将軍足利義昭《よしあき》を最後まで殺さなかったのは、主殺しの悪評で天下統一ができなくなると恐れたからであった。

「では、なにを」

「公方さまのなさること、言われたことをすべて余に報せよ。それだけでいい」

どうすればいいのかと尋ねた佐伯功大夫に松平定信が告げた。

「…………」

少しだけ佐伯功大夫が思案した。

「ご推挙の願い、なかったこととさせていただきたく」

「ほう」

深々と腰を折った佐伯功大夫に松平定信が目を細めた。

「ここまで聞いておいて、それが通ると」

「能見石見守の二の舞を演じるのは遠慮いたしたく」

脅すような松平定信に佐伯功大夫が応じた。

能見石見守の免職理由、思うところありの原因を佐伯功大夫は気づいた。

「二度と浮かびあがらぬぞ」

松平定信がもう一度脅しをかけた。

「かまいませぬ。家を危うくするよりはましでござる」

佐伯功大夫が、当初とは一変した緊迫の表情で述べた。

「去《い》ね」

「では」

感情をなくしたような松平定信の冷たい声に、佐伯功大夫が一礼した。

「口止めせずともよろしかったのでございましょうか」

田安家から付いてきた家臣が佐伯功大夫の姿が消えるなり訊いてきた。

「あそこで断れるだけの見識があるのだ。これ以上余を敵に回す気はなかろう。それに下手なことをして公方に付けいる隙を与えるわけにもいかぬ」

松平定信が首を横に振った。

わざわざ小笠原若狭守が能見石見守の解任を知らせに来た。その目的は、警告であることくらい松平定信は理解していた。

「次はないか……小僧が生意気な」

松平定信が従甥を罵《ののし》った。

三

出歩くなと言われた大伍は、おとなしく屋敷に籠もっていた。

「そこの簞笥《たんす》をちょっとこっちへ」

「わかった」

手伝いに来てくれている佐久良とともに屋敷を整えたり、座敷で午睡《ひるね》をしたりしていた。

「御免」

その日々に終わりが来た。

「参られたか」

佐久良が帰るのを見ていたかのように、日が暮れてから坂口一平が訪れてきた。

「これを」

坂口一平が懐から紙を取り出した。

「……全部で八名、そのうち越中守さまを訪ねたのは四人か」

紙を受け取った大伍が、すばやく目を通した。

「返しておこう」

大伍が紙を坂口一平へと突き出した。

「よろしいので」

「もう覚えた」

確かめた坂口一平に、大伍がうなずいた。

「これから出る」

「わかりましてござる。では、これにて」

取りかかるから帰れと言った大伍に、坂口一平が従った。

「剣呑《けんのん》なやつだ」

何気ない風を装っていたが、坂口一平が大伍を警戒、いや殺気を発していることはすぐにわかった。

「隠す気もなかったようだしの。よほど先日のことが腹立たしかったのだろう」

大伍が小さく笑った。

「いつか、背中から斬りつけてくるだろう」

今は大伍が道具として要りようだからこそ、小笠原若狭守も先日の無礼を咎めなかった。だが、いつまでもお役目が続くとは限らない。家斉が飽きた段階で、大伍は不要になる。

「吾の代わりを見つけてくるまでというのもあるな」

出世を餌にされれば、伊賀者であろうが、徒目付《かちめつけ》であろうが、容易に落とすことができる。

生涯三十俵二人扶持から三人扶持あるなしの伊賀者から、五十俵の御家人に引きあげてやると囁《ささや》かれれば、拒める者はそうそうにはいない。三十俵二人扶持は、合わせて三十六石余りになる。五十俵が手取りで二十俵から二十五俵くらいなことを考えれば、伊賀者のほうが待遇はよい。

だが、伊賀者はずっと伊賀者であった。どれだけ手柄を立てようとも、子々孫々まで伊賀者として縛られる。

それに比して、五十俵の御家人は、能力と手柄次第でどこまでも出世ができる。それこそ、目見え以上の旗本になることもできた。

「おそらく、そやつの最初の試しは、吾を討つことだろうが」

大伍はため息を吐《つ》いた。

「……よし」

忍装束に身を固めた大伍は、屋敷の裏角から外へ出た。

「近いのは本所松倉町二丁目の柳川主水《やながわもんど》だな」

大伍は屋敷の陰を伝わるようにして走った。

本所は明暦の火事以降急速に発展した。全焼した江戸城下の再設計によって、大名や旗本の一部が新たに生まれた埋め立て地である本所へ移転させられ、そこに町家が拡がり、人口も増えた。

とはいえ、かの吉良上野介義央《きらこうずけのすけよしひさ》が、江戸城松の廊下の影響で呉服橋御門内から、本所松坂町へ追いやられたことで赤穂《あこう》浪士の討ち入りに遭い首を討たれたことからもわかるように、名門旗本にとって本所へ屋敷を移されるのは、左遷に等しいものであった。

「……ここか。なかなかに大きいが、傷みも見える」

小半刻ほどで大伍は柳川主水の屋敷に到着した。

「石高は二千五百石、三代続けて小普請。お役付は四代前が書院番頭を務めていたのが最後だったな」

大伍はしっかり書きものの内容を覚えていた。

「あたりに……よし」

気配を確認して、大伍は塀を乗りこえた。

二千五百石ともなれば上級の旗本である。大伍のような扶持米取りではなく、知行所を与えられている。たしかに収入はその年の米の出来高で増減するが、年貢だけでなく、賦役などの権も持っているため、中間や小者を雇わなくてもすむ。収入としては悪くないどころか、かなりいいほうに入った。

「どうだった感触は」

奥の間で歳老いた旗本が、中年の旗本に問いかけていた。

「よかったと思いまする。父上」

中年の旗本が答えた。

「おおっ。そなたに家督を譲って十年、とうとう柳川家にも朗報が届くか」

歳老いた旗本が喜んだ。

「しかし、小姓番頭ぞ。当家の他にも虎視眈々《こしたんたん》と狙っている者もおろう。油断はできぬぞ、主水」

「わかってはおりますが……」

「金か」

「はい」

親子の雰囲気が暗くなった。

旗本は当主が隠居して、家督相続がおこなわれると、一度小普請組あるいは寄合組へ編入される。通常、親が役付で三千石近い禄を食《は》んでいれば、ほとんど待つことなく書院番、小姓番などになれるが、まれにそこから外れる者が出てきた。

親が隠居しなければならなくなったのが将軍あるいは上司から命じられた場合であったとか、世継ぎが昌平黌《しょうへいこう》で満足な成績を出せなかったとか、直系での相続ではなく傍系からの養子だったとか、理由は多岐にわたるがそこにはまってしまうとなかなか抜け出せなくなった。

「なにとぞ」

二千五百石でいつまでも無役というのは、かなりの恥になる。

ここで一門に老中や若年寄、留守居などがいれば、引きが受けられる。もっともそのような伝手があるようなら、家督相続でしくじるはずもない。

となると、賄《まいない》を贈ってという話になる。

「長崎奉行は四千両。大坂町奉行は一千五百両」

幕府では役付になるための相場が、まことしやかに囁かれている。

だが、これも外れではないが絶対ではなかった。

というのは、役目に就きたい者が多すぎるのだ。相場の金くらい、誰もが出す。当たり前ながら、相場の金が高くなればなるほど見返りは大きく、最終の利益に繋がる。

長崎奉行など一度やれば、三代飯が食えると言われている。

ようは、どうしてもその役に就きたいのなら、他人を引き離すだけの金を撒き散らすか、相場の金と強力な引きを用意するかしかない。

長崎奉行のように余得のない小姓番頭とはいえ、将軍の目に留まることから後々の出世は確実視されている。

「当家が小姓番頭になって足高でいただくのが、一千五百石。年にして六百両。この二年分が相場であろう」

役高は加増と違い、軍役には影響がなかった。言いかたは悪いが、丸々手元に残る金と考えていい。

「はい。そう考えて一千二百両を、若年寄さまに六百両、奥右筆組頭へ三百両、残りを他の小姓番頭さまにお渡しして参りました」

「十分足りていると思いたいが……」

隠居が難しい顔をした。

「やはり……」

「三代の小普請という経歴がのう。そのうちの一代である儂が言えた義理ではないが……」

親子が揃って嘆息した。

小普請は一代で抜けなければ、長引く。

「任せておけ」

「一門が、無役では本家の面目にもかかわる」

こういった援助も代を重ねると消えていく。

「もう少しどうにかなりませぬか」

柳川主水が隠居に願った。

「そなたに当主の座を譲ったときに、すべて知らせたはずじゃ。当家にもう出せるものはない」

隠居が力なく首を左右に振った。

「代々、小普請組から抜けられるように金を遣った。吾が祖父、吾が父、そして儂。家を傾けるほど遣ったが、とうとう夢はかなわなんだ」

「…………」

悲愴な顔をした隠居に、柳川主水はなにも言えなかった。

「知行所に借財を……」

柳川主水が藁《わら》にも縋《すが》るような思いで口にした。

知行所に住まう者たちにとって、当主を支えるのは当然の行為とされていた。

「これ以上は……」

すでに限界まで借りていると隠居が言った。

「お家の大事だと……」

「それは父も儂も使った」

柳川主水の案はすでに古かった。

「今さらあきらめることなどできませぬぞ」

すべての資産を注ぎこんでの猟官だけに、退《ひ》くことはできなかった。ここで膝を屈すれば、余力のすべてを使い果たした柳川家は、それこそ二度と浮かびあがれなくなってしまう。

「どうする」

「……ひとつしか方法はございますまい」

問うた隠居に柳川主水が目を細めた。

「一つでもあるのか」

隠居が目を見開いた。

「雄乃進《ゆうのしん》を使いましょう」

「土方《ひじかた》を……そなたなにをっ」

息子の出した家臣の名前に、隠居が絶句した。

「他の候補がいなくなれば、小姓番頭の座はわたくしのものとなりましょう」

「愚かなことを考えるな。そのようなことうまくいくはずもない」

得々と口にした柳川主水に、隠居が顔色を変えた。

「御懸念には及びませぬ。雄乃進は馬庭念流《まにわねんりゅう》免許の遣い手。道場でも敵う者はいないとか」

「たしかに土方は剣術の達者であるが、それをこのようなことに使ってよいわけではなかろう。もし、御上に知られたらお役目どころか、家を保つこともできなくなる。落ち着け、まだそなたが、駄目であったと決まったわけではない」

隠居が息子をなだめた。

「結果が出てからでは遅いのでござる」

柳川主水が首を左右に振った。

「もし、今回のことから外れれば、二度と柳川家にお役目は回ってきますまい」

「そんなことは……」

否定しかけた隠居の勢いが落ちた。

「当家にもう未来《さき》はございませぬ」

先ほど隠居も認めていた。ここで表舞台に出ないと、柳川家は知行所からの借財を返すために、かなり倹約をしなければならなくなり、次に役目の話が来たときそのために遣う金も出せなくなる。

「譜代名門の柳川家が、みすぼらしく世間との付き合いもできなくなり、子々孫々まで肩身の狭い思いをする。そのようなこと認められるわけはございますまい」

「むうう」

息子の言葉に隠居もうなった。

「なにより、武士は武をもって敵を払い、功績を立てる者でござる」

悪事ではなく、武士の倣《なら》いだと柳川主水が宣した。

「ばれぬか」

隠居が傾いた。

「雄乃進は重代の家臣の家柄。忠義も厚い。どのような責め苦に遭おうとも、柳川の名前を出すことはございませぬ」

「……当主はそなたじゃ。任せる」

断言した息子に隠居が折れた。

「……馬鹿だな」

親子の遣り取りを天井裏で見ていた大伍があきれた。

「そのようなまねをして、一人だけ無事であってみろ。誰でもおかしいと気づくわ」

大伍が首を横に振った。

「これは急ぎお報せせねばならぬな」

家斉に報告して、さっさと柳川主水を候補から外させないと、刃傷沙汰《にんじょうざた》がおこりかねなかった。

「………」

静かに大伍は柳川主水の屋敷を後にした。

四

将軍の午前中は忙しい。

「御裁可を願いたく」

「某が遠国赴任の挨拶を願っておりまする」

政務、目通りなどやることが昼までに集中するからであった。

「……奥に参る。若狭守、供をいたせ」

「はっ」

家斉が居室である御休息の間から、さらに奥にある御用の間へと移動した。

「見張りをいたせ」

能見石見守のことがあって以来、家斉は、どこであっても油断をいましめるようになった。

「わかりましてございまする」

言われた小笠原若狭守が、従った。

「……今日は来るかの」

家斉は、大伍の登場を待っていた。

「わかりませぬ」

小笠原若狭守が応じた。

「なにをいたしておるのだ。躬の命を甘く見ておるのか」

「台命《たいめい》をおろそかにすることはないかと」

少し機嫌を悪くした家斉を小笠原若狭守が宥《なだ》めた。

「……公方さま」

御用の間の窓外から声がした。

家斉が許可をした。

「射貫か。許す、入って参れ」

「ご無礼を仕ります る」

窓障子を開けて、大伍はなかに入って、そのまま平伏した。

「うむ」

満足そうに家斉がうなずいた。

「さっさと話をいたせ」

「はっ」

急《せ》かされた大伍が額を畳に押しつけたまま、語った。

「……と申しておりました」

「ほう」

「……愚か過ぎよう」

面白そうな家斉と小笠原若狭守の苦い口調、それぞれの反応は違っていた。

「公方さま、ただちに柳川主水へ……」

「放っておけ」

早急に対応をと上申した小笠原若狭守に家斉が手を振った。

「………」

「なぜとお伺いしても」

大伍は息を呑み、小笠原若狭守が家斉に理由を尋ねた。

「吾が身を守れぬ者に、小姓番頭が務まるはずはなかろう」

「たしかに、仰せの通りでございまする」

家斉の答えに小笠原若狭守が納得した。

「では、もし柳川主水しか残らなかったときは」

「短絡な頭しか持たぬ者に、躬の側仕えが務まるわけなかろう。そのときは、改めて別の者を引きあげればよい」

家斉が柳川主水を登用する気はないと告げた。

「見張りはいかがいたしましょう」

　実際に無謀なまねをするかどうかはわからない。小笠原若狭守が柳川主水の行動を確認するべきかどうかを家斉に訊いた。

「射貫」

「はっ」

　呼ばれた大伍が緊張した。

「三日でよい、小姓番頭候補たちを見張り、どうなったかを報せよ」

「承りましてございまする」

　大伍は四日後に再訪するようにとの指図を受けた。


　武士というのは窮屈なものであった。

　腰に両刀を差していれば、武士かといえば違う。武士は主君を持って禄を得て、初めて武士たれる。

　恩と奉公、これが武士の本質であった。

　もちろん、恩とは禄あるいは扶持のことだ。そして禄も扶持も、働かなくてももらえる。泰平の武士はなにもしなくても生きていけた。

「…………」

柳川家の臣土方雄乃進は羽織を脱ぎ、着流し姿で潜んでいた。

「殿田玄武《とのだげんぶ》」

夜明け前に屋敷を出た土方雄乃進は、柳川主水から指示された相手の屋敷を見張っていた。

「当家のためである」

「長年のご恩をお返しするのは今しかなし」

「首尾よく余が小姓番頭になったならば、そなたに八十石を分知し、御家人の籍を手配してくれる」

柳川主水から聞かされた言葉を土方雄乃進は、反芻《はんすう》していた。

「家のため、ご奉公を見せるとき、独り立ち」

どれもが家臣として、心に響くものばかりであった。

「御家人……」

なかでも分知独立は大きいものであった。

「直臣《じきしん》になれる」

陪臣にとって、これ以上の夢はなかった。

「主君と同格」

御家人とはいえ、徳川家、将軍の家臣である。それが百石に満たない小身であったとしても、旗本と同席できる。

幕府も新規召し抱えとなれば、いろいろと調べたり、能力を確認したりと手間をかけるが、分知となればほとんど届けを出すだけですんだ。一応、形式上は徒目付の調査も入るのだが、たかが八十石やそこらの御家人など、手間暇をかけるほどのことでもないと放置されるのが普通であった。

「はあ、忠義もなにも吹き飛んだわ」

敵になる相手を傷つけてこい。さすがに殺せとは言われなかったが、それも含んでいると柳川主水の雰囲気は語っていた。要は家臣に辻斬りのまねを命じたのだ。

「分知されれば、主君ではなくなる」

世話になったという引目は、この役目のお陰で感じなくてすむ。なにより御家人の主君は、旗本ではなく将軍なのだ。

「余の言うことを聞け」

今後柳川主水にそう言われても、

「直臣でござれば」

堂々と拒むことができる。

「……出てきたか」

待っている土方雄乃進の前で、殿田家の門が開いた。

「念押しに回るであろう」

猟官で必死な者はじっとしていられない。要路に頼んでいても不安は募る。

「なにとぞ、なにとぞ」

うるさがられるほど念押ししたり、

「よしなにご推挙を願いまする」

伝手を頼って別の者にも挨拶をする。

それだけ不安なのが、小普請組から脱出できるかどうかという問題であった。

「……やるか」

なにもしなければ、もう屋敷へ戻ることは叶わない。

新たにすべてを手に入れるか、今あるものも失うかの瀬戸際でもある。

土方雄乃進は、懐から出した手ぬぐいで面体《めんてい》を覆った。

「殿田どのだな」

すっと近づいた土方雄乃進が問うた。

「何者か」

駕籠脇にいた家士が、土方雄乃進の怪しさに警戒した。

「恨んでくれるな」

土方雄乃進が太刀を抜きざまに、駕籠へと突き刺した。

「えっ……」

「ぎゃっ」

いきなりの行為に家士が呆然とし、駕籠のなかから絶叫が響いた。

「……くっ」

生まれて初めて人を刺した感触に土方雄乃進が顔をゆがめながら、太刀を抜いた。

「こ、こやつ」

ようやく家士が刀の柄《つか》に手をかけた。

「主君の傷を確かめるのが先であろう」

「あっ、殿」

言われた家士があわてて駕籠の戸を開けた。

「痛い、痛い」

腰の辺りを刺された殿田玄武が苦鳴《くめい》を漏らしていた。

「駕籠を戻せ。医者を」

家士が顔色を変えた。

「あれなら死ぬまい」

背中に声を聞きながら、土方雄乃進が離れていった。

「なかなかに肚の据わった男だな」

近くの屋敷の屋根上から一部始終を見ていた大伍が感心した。

家斉に命じられてから、大伍はずっと柳川主水の屋敷を監視していた。

「あれは違う」

「あやつも」

遣い手というのは歩きかた、目の配りかたでわかる。

「こいつか」

大伍は柳川家の屋敷から出てきた土方雄乃進を一目見た瞬間に確信した。

そしてすべてを確認した。

「大変だな」

ふたたび土方雄乃進の後を付け始めた大伍が嘆息した。

「駕籠のなかにいる者を、殺さずに傷を付けるだけ……なかなかできることではないな」

なかを見ることができない。それこそ少しでも位置をまちがえれば切っ先は胸や腹に刺さる。胸だと即死、腹であればすぐには死なないが内臓を傷つけていれば、治療の甲斐もなく数日しか保《も》たない。

「たしかに殺せば、大事になる」

旗本を殺したとなれば、大騒ぎになる。町奉行所はもとより火付盗賊改方《ひつけとうぞくあらためかた》、目付などが躍起になって下手人を追う。

そうなれば、次からの仕事が難しくなる。

しかし、傷を付けるだけならば、まず表沙汰にはならなかった。

「無頼に襲われて……」

天下の旗本が、どこの誰ともわからない者に襲われて、傷ついた。

「恥さらし」

「とても小姓番頭の器ではない」

武士にとって命よりも大事な家名に傷が付く。

「病気療養をいたしたく」

小姓番頭への望みをあきらめ、世間体《てい》を繕《つくろ》うしかなくなる。

まさに一挙両得であった。

「神田橋を渡らずに進んだということ……」

大伍はすべての候補者の屋敷を把握している。

「……少し遅くないか」

いつ屋敷から出てくるかわからないのだ。どうしても待ち時間が長くなる。

「このぶんでは、明日明後日ですべては終わらぬな」

土方雄乃進の動きに大伍は首をかしげた。

「日が暮れかけている」

大伍は空を仰いだ。

「小姓番頭の座を狙う者が、夜に出歩くことはない」

一つの席を数倍の人数で争う。もし、能力に格段の差があれば、候補だということもなく、小姓番頭は決まっている。

候補者が争うというのは、どんぐりの背比べだということであった。

能力や家柄に違いがなければ、結局足の引っ張り合いになる。

「あの者は門限の刻を過ぎてから、出歩いておりました」

密告は当たり前の手段として使われる。

今どき、門限もなにもあったものではないが、法度としては生きている。

「その行動、ふさわしからず」

告発を受ければ、そう判断される。

新しい小姓番頭の後任が決まるまで、候補と目されている旗本たちは、吉原通いはもとより、日が陰ってからの外出も避けていた。

「……なにをするつもりだ」

すでに閉まっている大門へと迫る土方雄乃進の姿に、大伍は怪訝な顔をした。

「…………」

大門が閉まれば、門番も屋敷のなかへ入ってしまう。一応、門脇にある門番小屋に詰めてはいるだろうが、ずっと外を見張っていることなどない。

誰に咎められることもなく、大門へと達した土方雄乃進は、すっと腰を屈《かが》めると左右の門が合わさる隙間に手ぬぐいを押しこみ、さらにそこへ手にしていた小徳利の中身をかけた。

「まさか……」

大伍がその先を予測した。

続けて土方雄乃進が懐から火口と火打ち石を取り出し、手ぬぐいに火を付けた。

「火付けまでするか」

あまりのことに大伍が絶句した。

武家屋敷の大門は、城でいうところの大手門にあたる。つまり大門が武家屋敷の顔であった。

その顔を燃やされる。それは落城を意味した。

「気づいていないのか」

門番小屋に蠟燭《ろうそく》や灯油を支給する旗本は少ない。日が暮れれば、足軽や小者は寝るしかないのだ。そして一日の仕事で疲れている足軽や小者は、多少のことでは目覚めなかった。

「あのていどで火事になるとは思えぬが……」

大門はそのほとんどが檜《ひのき》、杉、樫《かし》の木でできている。厚さもあり、簡単に火が付くことはまず考えられなかった。

とはいえ、わずかの火でも大門に煤《すす》くらいは付けられる。

「……………」

しばらく火を見守っていた土方雄乃進が、後ずさりするようにして門から離れた。

「あのまま逃げるつもりか」

意図が読めずに大伍が首をかしげた。

「火事だああ」

土方雄乃進が大きく叫んだ。

「なんだとっ。己で火を付けておきながら……」

大伍が絶句した。

「盗賊だ」

そう叫んだところで、他人が出てきてくれるとはかぎらない。盗賊に逆襲されるかも知れないし、巻きこまれるかも知れないからだ。

それに比して火事は違った。

知らぬ振りをしていて延焼を受けたり、小火《ぼや》の間に消し止められなくなったりしては、被害が己たちにも及ぶ。

「どこだ。どうなっている」

「火事だと……うわっ」

たちまち周囲の屋敷が騒がしくなった。

当然、大門が焼けている屋敷からも人が出てくる。

「当家の門が燃えている」

「水、水を持ってこい」

門番はたいがい二人が当番として詰めている。

「井戸へ」

日頃から火消しの鍛錬をしている大名火消《だいみょうびけし》や定火消《じょうびけし》の家柄ならば、こういったときの対応にも慣れているが、普通の旗本家では万一のことなど考えてもいない。

門番足軽たちが慌てた。

「火を消す。門を開けろ」

恐慌状態に陥っている門番たちに向かって、土方雄乃進が命じた。

「消せるならば」

「急ごう」

門番二人があわてて大門を開いた。

「そう来たか」

様子を窺っていた大伍が感心した。

大門は城でいうところの大手門になった。ここが開かれていないかぎり、城は落ちていないと扱われる。つまり、大門さえ開いていなければ、なかでなにがあろうとも、外には漏れない。たとえ屋敷が焼け落ち、当主が焼死したとしてもなにもなかったことにできた。

だが、大門が開けば、外からの介入が許される。

「お手伝いいたす」

「水を」

火事に対して、江戸の者は敏感であった。また、幕府も火消しに協力することを推奨している。

「ご苦労であった」

類焼を防いだというだけでも、老中あたりから褒められる。

「見事なる働きであると、公方さまもご満足であられた」

鎮火させでもしたら、より評価も高くなる。

さすがに加増や任官まではいかないが、垢付《あかつき》の衣類、脇差など将軍愛用の品を下賜《かし》されることも多い。

とにかく名誉なことなのだ。

周囲の屋敷から、人が参加した。

「これでよし」

人が集まったのを確かめた土方雄乃進が、混乱に紛れて逃げ出した。

「見事にはめられたな」

火事を起こしたと世間に知られた。これは謹慎を命じられてもおかしくないほどの罪となる。当然、小姓番頭などという重職に就くことはできなくなった。

「柳川家は、あの者をどうしたいのだろうな。あれだけ悪知恵の働く、有能な者を使い捨てにするなどもったいないと思うが……傲慢《ごうまん》だな。明日は吾が身だというに」

大伍は土方雄乃進の後を付けながら、ため息を漏らした。

第三章　忠義の崩壊

一

報告に来いと言われた日よりも早く、大伍は御用の間を訪れた。

「公方さま」

昼前から待っていた大伍が、いつもどおり昼過ぎに現れた家斉に声をかけた。

「早いの。来るのは明日ではなかったか」

小笠原若狭守を後ろに従えた家斉が、驚いた。

「ご報告を申しあげるべきかと存じまして」

大伍がここ二日見てきた土方雄乃進の行動について述べた。

「そうか」

家斉が受け流した。

「いかがいたしましょうや」

「なにもせずともよい」

対応を問うた大伍に、家斉が首を横に振った。

「火付けもこのままで」

「かまわぬ」

確認した大伍に、家斉があっさりとうなずいた。

「旗本屋敷が一つ焼けたくらい、気にするほどではなかろう。なにより、それくらい対処できぬようでは、遣いものにならぬ」

「……………」

家斉の言葉に大伍が黙った。

「公方さま」

小笠原若狭守が口を挟んだ。

「なんじゃ」

家斉が首だけで振り向いた。

「火付けは放置なさるべきではございませぬ」

「門の下を焼くくらいどうということもなかろう」

忠告する小笠原若狭守へ家斉が首をかしげた。

「明暦の火事のことを」

「そこまでいくまいが」

小笠原若狭守の出した過去の大火に、家斉が嫌そうな顔をした。

明暦の火事は四代将軍家綱のときにおこった江戸最悪の災害であった。本妙寺《ほんみょうじ》から始まった火事は、冬枯れの季節の風に煽られて、三日にわたって江戸中を席巻《せっけん》した。歴史に類を見ない大火は、江戸城を始め、大名屋敷、旗本屋敷の焼失は八千に及び、死者は十万人を数えたとされている。

「あの火事も、もとは病死した娘の供養に焼いた振り袖が、風に煽られて屋根へと飛び火したのが始まりだと言われておりまする」

「…………」

言われた家斉が沈黙した。

「公方さまの御世にそのようなことが起こっては、お名前にもかかわりまする」

「躬の名に傷がつくと」

「…………」

明確に発言せず、無言で小笠原若狭守が肯定した。

「……わかった」

家斉が小笠原若狭守の諫言《かんげん》を受け入れた。

「射貫」

「はっ」

顔を向けられた大伍が平伏した。

「その某が、ふたたび火付けをおこなうようならば、討て」

「御下知、承りましてございまする」

家斉の命を大伍は引き受けた。

「若狭守、このまま放置してはまずいようじゃな」

「はい」

問うような言いかたをした家斉に、小笠原若狭守が首肯した。

「たかが小姓番頭くらいで、火を付けるとは思ってもおらなんだわ」

先ほどの放っておけという発言を忘れたかのように、家斉が眉間にしわを寄せた。

「…………」

「仰せの通りでございまする」

家斉の手のひら返しに言葉をなくした大伍を尻目に、小笠原若狭守が首を縦に振った。

「そうそうに新たな小姓番頭を決めねばならぬ」

真剣な眼差しで家斉が言った。

大目付であろうが、町奉行であろうが、将軍が直接任じることは、ほとんどなかった。八代将軍吉宗が、大岡越前守忠相《おおおかえちぜんのかみただすけ》を江戸町奉行に登用したのは、まさに異例中の異例であった。

普段は新たな大目付なり、町奉行なりが決まったという老中あるいは若年寄からの報告を受けて、謁見するだけであった。

だが、例外もあった。

小姓番と小納戸《こなんど》である。小姓番は将軍家最後の盾として側にあり、小納戸は将軍居室の掃除、配膳、夜具の用意など身の回りのことをする。

当然、どちらも将軍の目に入った。

「気に入らぬ」

将軍も人、それも天下一わがままの許される人である。

反《そ》りの合わない者もいる。気に入らない者も出てくる。

「うっとうしい」

「顔を見せるな」

役目に就いてから、こうなってはどっちも不幸になってしまう。

実際、歴代将軍から嫌われて、免職になった者、遠国へと行かされた者は少なくない。二代将軍秀忠《ひでただ》にいたっては、

「その面、腹立たしい」

本人にはどうしようもない理由で、手討ちにしている。

こういった不幸を防ぐため、小姓番、小納戸にかんしては、将軍の披見がおこなわれるようになっていた。

「早速に手配を」

「任せる」

新たな候補の者を呼び出すと告げた小笠原若狭守に、家斉が同意した。

「では、わたくしは」

話が一度途切れたのを機に、大伍が退出を願った。

「そちも手抜かりをいたさぬよう」

「重々心得ております」

家斉に念を押された大伍が御用の間の窓から出た。


能見石見守は唖然《あぜん》となった。

「逃げた……」

信頼して重代の家宝を預けた譜代の家臣が、それを持ったまま行方知れずになったのだ。

「遅い」

売りにいけと命じてから、二日経っても報告がないことに懸念を覚えた能見石見守が、自ら家臣の長屋を見にいったところ、もぬけの殻であった。

「おのれえええ」

能見石見守が大声を出した。

「誰ぞ、おらぬか」

逃げた家臣を追わそうと、他の者を呼んだ能見石見守の声に応える者はなかった。

「恩を……」

能見石見守の頭に血がのぼった。

「返答をいたせ」

そのまま屋敷のなかへ戻って、あらゆる部屋を確認したが誰の姿もなかった。

「奥といい、臣どもといい。余を愚弄《ぐろう》しおって」

松平定信から拒まれたと知ってすぐに正室と子供は実家へと帰った。

「二度と敷居をまたいでくれるな」

さらに妻の実家から絶縁を突きつけられた。

そして今、家臣たちからも三行半《みくだりはん》を突きつけられた。

「すべては……公方と越中のせいだ」

ついに能見石見守の恨みは、松平定信だけに収まらず、十一代将軍家斉にまで向けられた。

「このままで終わってたまるものか」

能見石見守の目つきが変わった。

「公方と越中、どちらにも恨みを喰らわせてやる。それには……」

太刀を抜いた能見石見守が裸足のまま、庭へと降りた。

武士の家には、出入り口近くに高さ二尺（約六十センチメートル）ほどの砂山があった。

「……………」

その砂山に能見石見守が太刀を何度も突き刺した。

能見石見守は太刀に白研《しらと》ぎをしたのであった。

日本刀は、普段錆《さび》を避けるために、鏡のように研ぎ澄まし、少しでも水気が止まらないようにする。ただ、こうすると切れすぎてしまい、脂や血の汚染を受けやすくなる。ようは切れ味が落ちやすくなる。

よく切れるほうがよいと思われがちだが、戦いはいつ終わるかわからないし、何人倒せば勝ちになるかもやってみないとわからないものだ。

剃刀《かみそり》のように切れるが、数人で一気に切れ味が落ちるのと、最初から最後まであまり変わらないのと、どちらが向いているか。言うまでもない。

本来白研ぎは、研ぎ師に預けて、目の粗い砥石をていねいにかけてもらう。こうすれば、使用した後本研ぎをすれば、また鏡のような状態に戻る。

しかし、砂山に突っこんで、傷だらけにする方法だと、刀身に付いた傷が一定にならず、研いでももとには戻らない。

ただ、いざ鎌倉というとき、のんびりと研ぎに出している余裕はないため、こうした雑な方法をとることになる。

武家屋敷の砂山はそのためにあった。

「やってやる。やってやるぞ」

能見石見守が口の端を吊り上げた。

家斉への報告のために離れたことで大伍は、土方雄乃進を見失っていた。

「残りは五人……」

候補と目されていた八人のうち、駕籠のなかで刺された者、屋敷の大門を焼かれた者と二人が脱落している。

「柳川主水も除いて……残り五人か」

大伍は五人の名前と屋敷地を脳裏に浮かべた。

「ここか……」

表五番町に二人の屋敷があった。

「まとめて片付けねば、ときが足りぬ」

明日には新たな小姓番頭が決まる。

今日中と明日の朝にすべてを終わらさなければ、柳川主水の狙いは破綻し、土方雄乃進の功績は無に帰す。

「……外れたら、目も当てられんな」

大伍は表五番町に向かいながら、嘆息した。

「考えることは一緒だな」

表五番町に着いた大伍は、すぐに土方雄乃進を見つけた。

「気配が変わった。碌《ろく》でもないぞ」

土方雄乃進の雰囲気が、剣呑なものに変化していた。

「…………」

土方雄乃進の首が動いた。

「……危ない」

すっと大伍は身を隠した。

「こっちの目を感じた……か」

大伍が驚いた。

「襲う側になるというのは、ああも変わるものか」

他人を襲撃するというのは、緊張を伴う。その緊張が、土方雄乃進を成長させたと大伍は理解した。

「吾も同じなのだろう」

大伍も山里曲輪伊賀者の甲田葉太夫と殺し合いをしている。

「気をつけねばならぬ」

降りかかる火の粉は払わなければならない。受け入れては、こちらが死ぬことになる。だが、それ以上の殺戮《さつりく》はまずいと大伍は悟った。

腕が上がる。強くなる。そのことに淫《いん》したとき、大伍は鬼畜に堕《お》ちる。

「なまじ頭が回るだけ、あやつは……」

大門を焼くことで恥を掻かせるなど、大伍の思いつくところではなかった。

「気を張らねば……ならぬ」

土方雄乃進を見張っているつもりでいて、罠に誘いこまれる可能性に大伍は気づいた。

「明るいうちから火を付けることはあるまい」

表五番町は江戸城開闢以来番方旗本の屋敷が集まる名誉の地である。お城にも近く、日がある間は人通りも多い。

そんなところで火を付けようものなら、すぐに見つかる。

「どうするつもりか」

そっと大伍は頭を出して、土方雄乃進を見た。

二

土方雄乃進は大門に近づくと、大きく息を吸った。

「皆、聞けい」

　大音声で土方雄乃進が口上を述べ始めた。

「吾が名は申すほどのものではない。だが、志は侍である。一人の武士として、思うところがあり、ここに糾弾するものである」

「なんだ、なんだ」

「いかがいたした」

　声を張りあげられている屋敷だけでなく、その他の屋敷からも興味を持った者が顔を出した。

「塩山弾正《しおやまだんじょう》は高禄を食《は》んでおきながら、無為に日々を過ごし、旗本としての責務を果たしておらぬ。それだけでなく、このたびは公方さまの御側を守る小姓番頭になりたいなどという厚顔無恥な要求を御上へいたした。太刀など握ったことさえない者に、番方が務まるわけなかろう」

　土方雄乃進が堂々と語った。

「なにを」

　当然、その声は屋敷にいた塩山弾正の耳にも届いた。

「誰かある」

塩山弾正が立ちあがって、居室から顔を出した。

「これに」

近くに控えていた近習《きんじゅ》が現れ、廊下に片膝をついた。

「あれはなんじゃ」

「わかりませぬ」

近習も困惑していた。

「見て参れ。いや、余の名前が出ておる。捨て置くわけにはいかぬ。ただちに止めさせよ」

「諫《いさ》めても止めぬ場合は……」

「追い払え。大事なときじゃ。下手なまねはできぬ」

ことを荒立てるなと塩山弾正が釘を刺した。

「はっ」

家臣も主君が猟官に必死なことは知っている。

近習が頭をさげて、小走りに大門へと向かった。

「……そもそも旗本というものは、生まれだけでなれるわけではない。代々培った譜代としての忠義が必須なことはたしかであるが、それ以上に……」

土方雄乃進が延々と続けていた。

「おもしろいことを考えるの。だが、それでどうにかなるかの」

大伍は土方雄乃進のしていることの効果を疑った。

「……止めよ」

塩山弾正の潜り門から家臣らしき者が出てきて、土方雄乃進を制そうとした。

「……武術を使えぬ旗本などあってよいわけない」

土方雄乃進の口上は、己の主君柳川主水への不満も含んでいる。一声かけられたくらいで止まるはずはなかった。

「何者か。当家の前での騒ぎは遠慮せい」

近習が強く言った。

「真実を口にしてなにが悪い」

「……なんだと」

土方雄乃進に言い返された近習が唖然とした。

「それともなにか、塩山どのは剣術の名人だとでも」

「お遣いになられるわ」

「遣う……刀を持つだけでも遣うには違いないの」

「ぶ、無礼な」

嘲弄した土方雄乃進に近習が激発した。

「主が主だ。臣も剣を抜いたこともなかろう」

「黙れっ」

挑発を重ねた土方雄乃進に我慢しきれなくなった近習が太刀を抜いた。

「ご覧あれ、こやつが先に抜きましたぞ」

土方雄乃進が周囲へ報せるように叫んだ。

「えっ、あっ」

そう指摘されて近習が青ざめた。

「抜いたな」

顔色を変えた近習に、土方雄乃進が指摘した。

「これは……」

近習が言葉に詰まった。

武士は両刀を差す。両刀は身分を表すものであり、そして心構えを示すものであった。

容易に人を殺せるのが刀であり、民には所持が許されない。それが認められているというのは、それだけの気概を持つと信じられていたからであった。

「抜くな。抜けば、相手を倒すまで納めるな。そして、太刀を遣えば責任を負え」

幕府は武士に無礼討ちを認める代わりに、その責任を取らせた。

「拙者は抜いておらぬ。喧嘩両成敗はなりたたぬぞ」

土方雄乃進が近習をさらに追い詰めた。

喧嘩両成敗は、乱世が終わったばかりのころ、その荒々しい気風に染まっていた大名や旗本などが些細なことで刃傷沙汰を起こすことに辟易した幕府が、一々原因を探り、罪の天秤をどう傾けるかなどの手間をなくすために設けたものである。

どのような事情があろうとも、争えば両方を処罰する。幕府は、もめ事に介入しないと宣言したのが、喧嘩両成敗であった。

とはいえ、なんでもかんでも両成敗にしていては、さすがにまずい。いきなり刀を抜いて斬りかかってくるような乱心者もいるのだ。

浅野内匠頭長矩《あさのたくみのかみながのり》が吉良上野介義央に斬りつけたときが前例となり、抜いた抜いていないの差は、喧嘩両成敗が成立するかどうかの境目でもあった。

「……………」

近習が困惑した。

「脅しでござる」

斬る気はなかったという逃げ口上は、使えなかった。

「覚悟もなしに抜くとは」

武士としての気概がないと、蔑視される。

「抜いた以上は血塗られるのが刀」

「そんなつもりは」

ぐっと迫る土方雄乃進に近習が後ずさった。

「なんとも情けない姿である」

「あれでは塩山どのも知れたものだ」

野次馬たちが近習を笑った。

「うわああ」

主家の悪口を聞き逃すことはできない。ましてや、それが己のせいであるとなるといたたまれなくなる。

近習が目の色を変えて、太刀を振りかぶった。

「ふん」

嗤《わら》いながら土方雄乃進が間合いを詰めた。

「あわっ」

不意に近づいた土方雄乃進に近習が驚いた。

「肚を決められなかったな」

指呼《しこ》の間《かん》に入った土方雄乃進が近習に当て身を喰らわせた。

「ぐふっ」

みぞおちを拳《こぶし》でえぐられた近習が崩れ落ちた。

「阿形《あぎょう》」

潜り門の覗き窓から見ていた近習の同僚が倒された者の名を呼んだ。

「話にならぬ」

土方雄乃進が大きくため息を吐いた。

「おのれはっ」

同僚が潜り門から出てこようとした。

「あほうめ」

その名前のとおり潜り門は、腰をかがめて頭をさげなければ通れない。つまり、隙だらけの姿勢を取らなければならないのだ。

「ぐえっ」

潜り門を出るところで、土方雄乃進に蹴り飛ばされた同僚が吹き飛んだ。

「あっ」

「なんということを」

門内に集まっていた塩山家の臣たちが、恐慌に陥った。

「大門を開けろ。一気に仕留める」

「おう」

頭に血がのぼった家臣たちが、大門を開けてしまった。

「はまったな」

大伍が苦笑した。

「捕らえよ」

「腕や足はかまわぬ。殺さなければいい」

家臣たちがわらわらと大門を出て、土方雄乃進を取り囲んだ。

「屋敷のなかへ連れこんでしまえば……」

門内へ押しこみ、大門を閉じれば、目付でも口出しできなくなる。

壮年の家臣が、門前での殺しは避けろと指示した。

「数を頼んでの狼藉《ろうぜき》か。武士の、旗本の風上にも置けぬまねをする」

土方雄乃進がさらに煽った。

「黙れ」

家臣の一人が斬りかかった。

「殺してはならぬのだろう」

「……あっ」

指摘された家臣の勢いが落ちた。

「ふん」

そこを土方雄乃進は見逃さなかった。中途半端に前に踏み出した足を土方雄乃進が、上から下へと蹴り割った。

「あああああ」

人体の急所である臑《すね》の骨を折られた家臣が絶叫した。

「ひいっ」

同僚の絶叫に腰の引けた一人が、蹈鞴《たたら》を踏んだ。

「なにをしておる、いけ」

その家臣の背を壮年の家臣が押した。

「うわあ」

引こうとする動きと押されて崩れた身体が、平衡を失った。

「……話にならん」

転んだ家臣の顎を土方雄乃進が蹴った。

「あう」

頭を強く揺さぶられた家臣が意識を失った。

「多勢に無勢。これを見過ごされるか、ご一同」

あっさりと敵を倒しておきながら、土方雄乃進が周囲を扇動した。

「卑怯者の味方をするか。見て見ぬ振りは敵対も同じであるぞ」

「だ、黙れっ」

周囲をけしかけ続ける土方雄乃進に壮年の家臣が急いで押さえにかかった。

「があ」

迫る壮年の家臣を土方雄乃進が威嚇《いかく》した。

「ひっ」

壮年の家臣が腰を抜かした。

「義を見てせざるは勇なきなりでござるぞ」

まだ土方雄乃進が唆《そそのか》した。

「助太刀いたそう」

さすがに近隣の屋敷の者は出てこなかったが、通りすがりに見ていた浪人がこれに応じた。

「助かる」

土方雄乃進が歓迎した。

「……あれに乗るかの」

大伍は浪人にあきれた。

「作州浪人、菅原権左《すがわらごんざ》。義によって助太刀いたす」

浪人が太刀を抜いて見得を切った。

「名を売りたいか」

明日どうなるかわからないのが浪人である。少しの機会でも無にせず、手に摑みたいと考えている。

大伍が嘆息した。

「わからんでもないが……」

少し前まで幕臣の最下層でもがいていたのだ。大伍にも浪人の必死さはわかった。

「だが、もうよかろう」

土方雄乃進はこの間にも一人を殴り倒している。

「目付の出張《でば》りであるぞ」

小人目付をやっていた大伍は、目付の臨場の供を何度もしている。こうして大声を出して先触れをするのも小人目付の役目であった。

「早いな」

土方雄乃進がすぐに反応した。

「これだけやればよかろう」

すでに門前は倒れてうめいている塩山家家臣で足の踏み場もない。これを糊塗《こと》することはまず無理であった。

「…………」

すばやく土方雄乃進が走り去った。

「……えっ。助太刀を」

はしごを外された菅原権左が呆然と土方雄乃進を見送った。

「目付が来るだと……いかぬ」

壮年の家臣が震えあがった。

「このままでは……」

下手をすれば塩山家が潰れかねない恥である。

「逃がしたとなれば、言いわけもできぬ」

加害者を取り調べることができないとなれば、被害者が悪くなる。無駄足をしない目付が出たというのは、なにもなしでは終わらないことでもある。

「どうにか……あやつがいた」

壮年の家臣が突っ立ったままの菅原権左に目を付けた。

「そやつを捕まえろ」

すべての責任を浪人菅原権左に押しつける。壮年の家臣が残っていた家中に命じた。

三

早足で塩山弾正の屋敷から離れていく土方雄乃進を仮の宿としている旅籠《はたご》まで見送った大伍は、帰宅した。

「おかえりなさいませ」

「まだいてくれたのか。ありがたいが、嫁入り前の娘があまり遅くなるのはよろしくないぞ」

迎えてくれた佐久良に、大伍が驚いた。

「お客さまがお見えでございましたので」

「客……」

佐久良の話に大伍が怪訝な表情を浮かべた。

引っ越ししたばかりなうえに、もとが小者扱いの小人目付である。客が来るはずもなかった。

「森藤どのか」

佐久良の父ならあり得る。大伍が問うた。

「父ならお客さまとは言いませぬ」

森藤が聞いたら泣きそうな一言で、佐久良が首を横に振った。

「どなたか」

「小笠原若狭守さまのご家中、坂口一平さまでございまする」

「……坂口か」

大伍が少しだけ眉をひそめた。

「……大伍さま」

それに気づいた佐久良が咎めるように大伍を見た。

「隠せぬな」

「当たり前です。何年一緒にいると思っておられます」

降参だと両手を挙げた大伍に、佐久良がほほえんだ。

「よしっ。どこだ」

「奥から三つ目の座敷でございます」

気合いを入れ直した大伍の確認に佐久良が答えた。

五十俵とはいえ、御家人の屋敷は小者組屋敷とは規模が違う。さすがに十畳をこえる部屋は一つしかないが、八畳、六畳の座敷はある。それに女中部屋、小者部屋などもあった。

「待たせた」

大伍が頭をさげず、口だけで詫びを言いながら座敷へ入った。

「いえ。お約束もせずに参りましたこと申しわけございませぬ」

坂口一平も冷めた対応を返した。

「用はなにか」

「主から言付《ことづ》けを預かっておりまする」

急かした大伍に坂口一平が小笠原若狭守の名前を出した。

「拝聴いたす」

同じ直臣とはいえ、格が違いすぎる。といったところで、将軍ではないので恐懼《きょうく》はしない。軽く大伍は頭を垂れた。

「明日、新たな小姓番頭が決まるとのこと」

「どなたが」

「新津常陸介《にいつひたちのすけ》さまだと」

尋ねた大伍に坂口一平が告げた。

「候補になかった御仁」

聞いたことのない名前に大伍が首をかしげた。

「そのあたりは拙者ではわかりませぬ。では、お伝えすべきは終わりましたので」

無駄話をするつもりはないと坂口一平が腰をあげた。

「承った」

小笠原若狭守の伝言は理解したと大伍が応じた。

城中での出来事であっても、昼過ぎには城下に広まる。

「あらたな小姓番頭が決まった」

将軍側近の誕生は旗本だけではなく、商人にも影響を与えるからであった。

「お祝いを」

新津家へ出入りしていた商人は、祝いの品を持参する。

「なんとかお出入りを願いたい」

つきあいのなかった商人は、新津家への縁を求める。

小姓番頭は余得が多いわけではないが、のちのちの出世を約束されている役目、今からつきあっておいて損はない。

また、足高という形を取るが、加増される。そうなれば収入は増え、掛け売りの代金を回収できる。それどころか身分にふさわしい衣類や道具などを購入してもらえるかも知れないのだ。

機あるところに儲けあり。

めざとい商人たちが新津家へ注目する。

それと反対の目を向けられたのが、柳川主水であった。

「御融通してあるお金をお返しいただきたく」

新津常陸介が小姓番頭になってまだ半日も経たないというのに、柳川主水のもとに出入りの商人が何人も掛け取りに訪れていた。

「しばし、待ってくれ」

用人が対応に追われたが、言いわけももう通らなかった。

「今年の年貢が入ればすぐに……」

「足りませぬ」

「お約束が違いまする。かならずお役に就けると仰せゆえ、お貸ししたのでございまする。それがならなかったとあれば、お返しいただくのが筋」

商人たちの追及は厳しい。

「返してくださらねば、店が潰れまする」

なかには屋敷の外で大声を出す者も出てきた。

「なんとかいたせ」

旗本にとって名前を出しての借財返還要求は、恥以外のなにものでもなかった。柳川主水が怒鳴り散らした。

「殿、土方が戻って参りましてございまする」

新たな小姓番頭が決まったので、することはなくなった。出世の目はなくなったが、戻れば今までの生活が待っている。

「役立たずが、どの面《つら》をさげて」

柳川主水が憤懣《ふんまん》を土方雄乃進に向けた。

「放逐じゃ」

言われたことをした家臣に主君が決してしてはならないことを柳川主水はやった。

「二度と当家へ近づくなと命じよ」

柳川主水のしたことは主君として最低ではあったが、旗本の当主としては正しかった。

己の命じたことではあったが、土方雄乃進は他の旗本や屋敷を襲っている。もし、捕まるようなことがあれば、いや犯人だと知られれば、柳川家にも咎めはくる。

「当家にかかわりなし」

「放逐しておりますので」

そうなってはたまらないため、縁を切るのが通常の対応であった。

「勝手な……」

「よくも」

捨てられたほうはたまったものではない。

「機を見て呼び戻す」

「ほとぼりが冷めるまで辛抱してくれ」

恨みを向けられては困るので、希望と当座の金を持たせるのも心得であった。実際、もう一度仕官させることはまずないが、それでも追放ではなく待機という感じを与えることは大きい。

「主家が潰れては困る」

帰る場所を失うことになる。一時の憤りで主家へ嫌がらせをしたならば、帰参できなくなる。

放逐される者は、藁よりも細い望みにすがって、おとなしくなる。そして、人の憤りや恨みというのは、年月で薄れていく。結果、主家は無事に過ごしていける。

だが、それを苛立《いらだ》った柳川主水はしなかった。

「あやつが悪い。あやつが新津常陸介を落としていれば、小姓番頭になれた」

柳川主水は己の不足を棚にあげて、土方雄乃進に責任を押しつけた。

「新津常陸介などという名前は知らぬ」

だからといって捨てられたほうは納得しない。

「戻る場所もなくなった」

土方雄乃進の恨みは深くなった。

もともと闇討ちに近いまねをさせられたのだ。名を重んじる武士として忸怩《じくじ》たる思いを感じながらも、主家の命だから、出世が用意されているからと我慢をして手を汚してきた。それを柳川主水は歯牙《しが》にもかけずに、捨てた。

「ふざけるな」

土方雄乃進が怒ったのも無理はなかった。

「このままですむと思うなよ」

頭の切れる土方雄乃進は、怒りのまま柳川主水に襲いかかるという愚挙を起こさなかった。なにせかつての同僚、親戚すべてが敵に回っている。一対一の戦いならば負けるつもりはなかったが、屋内で数を相手に柳川主水へ迫ることはまず無理だとわかっていた。

「今に見ているがいい」

土方雄乃進が柳川家に背を向けた。

すでにすんだことと大伍は土方雄乃進の行動を見張っていなかった。

「ご報告を」

新たな小姓番頭が決まった翌日、大伍は家斉のもとへ伺候《しこう》していた。

「……以上でございまする」

「ふむ。おもしろいの」

大伍から土方雄乃進のしてきたことの詳細を聞いた家斉が興味を持った。

「柳川主水という者を存じおるか」

家斉が控えている小笠原若狭守に訊いた。

「経歴くらいでございますが」

小姓番頭の候補となるくらいである。御側御用取次ならば把握していて当然であった。

「要るか」

「そのていどならば、どちらでもよいかと」

家斉の問いに小笠原若狭守が答えた。

「だが、その家臣は欲しいの」

「陪臣を引きあげるのは、なかなかに難しゅうございまする」

希望を口にした家斉に、小笠原若狭守が首を左右に振った。

「柳川の家を潰せば、浪人になろう」

「浪人を幕臣になさるのならば、周りも認めるだけの才がなければなりませぬ」

小笠原若狭守が難しいと言った。

何年かに一度、浪人が旗本や御家人として召し抱えられることはあった。そのほとんどは、天文や勘定方、儒学教授方などに、天下に名の知れた者が迎え入れられた例ではあるが、まったくないわけではなかった。

「躬の推挙であってもか」

「それはよりよろしくございませぬ。まず、公方さまがどうやって浪人を知られたかという理由が表沙汰にできませぬ」

「むっ」

小笠原若狭守に言われた家斉が詰まった。

徳川家康や秀忠のころならば、戦場で目に付いたとか、陣場借りする浪人を召し抱えても不思議ではなかった。

しかし、城からほとんど出なくなった今、将軍が浪人と知り合うことはありえない。

「どうしても無理か」

「無理でございまする」

強請《ねだ》るような家斉に、小笠原若狭守が首を左右に振った。

「射貫のように、ひそかにということはできよう」

「扶持はいかがなさいまするか」

まだあきらめきれない家斉に、小笠原若狭守が現実を突きつけた。

「御家人ならば、なんとかなろう。射貫のようにすればいい」

「籍がございませぬ。射貫は少禄とはいえ、御家人分限帳に載っておりました。しかし、その柳川主水の家臣は、幕臣としての籍がございませぬ。その者に扶持あるいは禄を与えるとなれば、浅草蔵奉行あるいは右筆の不審を買いかねませぬ」

「躬は将軍であるぞ」

家斉が文句を口にした。

「なればこそでございまする。天下を統《す》べられる将軍が規律を枉《ま》げられては、下も倣いましょう。そうなれば御上の法度は骨抜きとなりかねませぬ」

小笠原若狭守が諫言をした。

「隠し扶持……」

「どこにございまするか」

陰で扶持米を給することはできないかと言いかけた家斉を、小笠原若狭守が押さえた。

「で、では、そなたが召し抱えよ」

家斉が小笠原若狭守に要求した。

「それはよろしゅうございますが、その者にはどのように話をいたせばよろしゅうございましょうか」

小笠原若狭守が家斉の考えを訊いた。

過去、主君の愛妾《あいしょう》を匿《かくま》っていた家臣はいた。正室への遠慮であったり、手を出すには身分が余りに低すぎたりしたときに、主君が通っても不思議ではない寵臣の屋敷に囲う。こうして世間体を取り繕う。

「公方さまのお出でを迎えよ」

かつて五代将軍綱吉は、気に入った女を傅育役《ふいく》であった牧野備前守成貞《まきのびぜんのかみなりさだ》や寵臣柳沢美濃守吉保《やなぎさわみののかみよしやす》の屋敷に置き、御成という体《てい》で足繁く通っている。

ただ、男の家臣でそれをした例はほとんど聞かなかった。

「なぜ、直接のお声掛けが叶わぬのかを問いましょうぞ」

「……………」

言われた家斉が困惑した。

「その容赦なさと悪知恵が気に入った」

正直に言えばそうなるが、

「傷害や火付けを許す」

そう取られてしまう。

「わたくしが召し抱えるにしても……」

「御側御用取次の家中に法度を犯した者がいるのはまずいか」

渋る小笠原若狭守に家斉がため息を吐いた。

「わかった。あきらめる」

家斉が手を振った。

「では、あの者については、このまま放置でよろしゅうございまするや」

大伍が確認を求めた。

「かまわぬ」

家斉が首肯した。

「では、わたくしは」

退出をしようと大伍が一礼した。

「待て」

小笠原若狭守が大伍を制した。

「なにか」

「先日のこともある。後ほど屋敷まで参れ」

首をかしげた大伍に、小笠原若狭守が言った。

「では、夕刻七つ半（午後五時ごろ）に」

大伍が首肯した。

四

慣れてきたとはいえ、抜け道への出入りは緊張する。

なにせ一度出入りを見抜かれて、山里曲輪伊賀者の甲田葉太夫と殺し合う羽目になったのだ。

御用の間横にある抜け道から、山里曲輪門まで灯《あか》りのないところを進む。これはかなり緊張した。

万一のときの伏せ勢を置くため、ところどころわざと曲がりが作られている。つまり、そこに潜まれていては、ぎりぎりまで気づかず対応が後手に回る。

「……大丈夫だな」

抜け道に入って、最初の曲がり角をこえたところで、大伍は伸ばした掌に糸が触れたのを確認して安堵した。

暗闇のなかに黒い糸を膝の高さで張っておく。人でない糸は気配を発することなく、闇に溶けこんでいる。いかに伊賀者とはいえ、この糸に気づくことはできない。

もし、抜け道に誰かが入りこんでいれば、かならず出口でもある御用の間近くまで様子を見にくる。どこに通じているか、誰がここに入りこんでいるかを確認しなければ、対処が難しいからだ。

もちろん、ここが無事だったからと安心はできなかった。

なにせ甲田葉太夫を討ち果たし、その死体を隠している。つまり、山里曲輪伊賀者が行方不明になっている。それを伊賀者たちがおかしいと思わないはずはなかった。

「…………」

大伍はできるだけ気配を消し、出口へと近づいた。

山里曲輪は、老中、鷹匠《たかじょう》支配の餌差《えさし》、黒鍬者、庭小者以外の通行を認めていない。もちろん近づくことはできるが、出入りできないところに用もない者がうろつくだけでも警戒される。当たり前だが、不審者を見逃すほど山里曲輪伊賀者は甘くない。

もちろん、大伍も対応をしている。最初は黒鍬者の衣装を借りた。しかし、それが森藤に不利益をもたらしかねないとわかったことで、今は小人目付を装っている。

小人目付は目付のような黒麻裃《がみしも》を身につけて、見ただけで身分がわかるような恰好をしない。小人目付は足袋《たび》を履かず、尻端折《しりはしょ》りをするだけで装える。なにより目付の配下ならば、通行できない山里曲輪近くにいても、役目という言いわけが効く。

基本、小人目付は目付の雑用をするのが役目で、お城坊主のいる城中にはおらず、城外での供がほとんどであった。

とはいえ、目付の役目は多岐にわたるうえ、小人目付への指示も多い。

「お目付さまのお指図でござれば」

こう言えば、それ以上の詮索はされない。

「目付の名前は」

「なにをしている」

身分は低いとはいえ、小人目付も監察の一人。

「お目付さまに貴殿のお名前をお報せしても」

「いや、そこまでせずともよい」

本当に答えていいのだなと念を押せば、まずまちがいなく相手が退《ひ》く。

「…………」

せいぜい後を付けるくらいが関の山であり、隠密も兼ねる小人目付に気づかれず調べるだけの技量を持つ者は、伊賀者くらいしかいなかった。

「……気を」

抜け道の先は、山里曲輪に近い東屋の床に繋がっている。一人で押しあげるには少々重い床板を動かせば外に出られた。

当然、抜け穴から外を確認するすべはない。覗き窓などを付ければいいと思われるかもしれないが、へんなところにある穴は違和を生み出して、かえって目に留まる。

そもそも抜け道などまず使うことのないものなのだ。将軍が抜け道を出る。これは江戸城が陥落の危機にあることでもあった。

すでに幕府も十一代将軍を擁し、一度たりとても江戸が攻められたことはない。抜け道を通るどころか、そこにあるということさえ知らない将軍もいた。

なかには三代将軍家光のように、抜け道から山里曲輪を使って城下へ出たという噂を持つ者もいるがどちらにせよ例外である。

使われないからこそ、忘れられる。これこそ抜け道の正しい姿であった。

そこを家斉に召されたからといって、大伍は五日にあげず使用している。できるだけ痕跡を残さないようにはしているが、それでも埃が溜まらなくなったり、床板を動かしたときの跡がかすかながら残っていたりしている。

「気づかれる」

忍というのは、人の心の隙間を利用して、入りこむ。相手の気をうまく逸《そ》らすことにかけては伊賀者が天下一であった。

それは同時に、違和に敏感だということでもあった。

「……………」

床板を一寸（約三センチメートル）ほど持ちあげて、その隙間から全周を大伍が警戒した。

目をこらすだけではなく、耳を澄まし、匂いも嗅《か》ぐ。

「よし」

大丈夫だと見極めをつければ、後は大胆に動く。

慎重に床板をずらし静かに出るより、一気呵成《かせい》に行動するほうが思うほど他人目《ひとめ》に留まりにくい。

てばやく床板を戻し、懐《ふところ》にしまっていた筆を使って板をずらしたことでできた埃の筋などを払う。

「…………」

小人目付に扮した大伍は、そのまま東屋を出て西の丸のほうへと足を向けた。

「待たれよ」

東屋から離れたところで、大伍の前に若い男が出てきた。

「拙者か」

「いかにも。お小人目付どのとお見受けするが」

足を止めた大伍に若い男が確認を求めた。

「貴殿は」

問いに答えず、ぎゃくに大伍が誰何《すいか》した。

「お広敷伊賀者鹿間《しかま》次郎《じろう》右衛門《えもん》でござる」

「……お広敷伊賀者の御仁が、なぜここに」

続けて大伍が訊いた。

お広敷伊賀者は、その名前のとおり大奥と中奥を繋ぐお広敷と大奥の警衛を担当する。世子あるいは大御所がいるときは西の丸にも配置されるが、今はどちらもいないため本丸にしか配置されていなかった。

「少し気になることがござったので」

鹿間次郎右衛門がごまかした。

「さようでございまするか。こちらはお役目でござる」

誰から命じられたとは言わずに、大伍が告げた。

「…………」

じっと鹿間次郎右衛門が大伍を見た。

「お名前をお伺いしたい」

「お役目にかかわりますれば、お断りいたす」

名乗りを求めた鹿間次郎右衛門に大伍が首を左右に振った。

「……お教えいただけぬとは異な」

名前を口にできないというのはどうかと鹿間次郎右衛門が疑いの眼差しを向けた。

「説明は不要でございましょう」

大伍は拒んだ。

「…………」

「では、ご免」

黙った鹿間次郎右衛門を残して、大伍はふたたび歩みを始めた。

「……付けてきているな」

後ろを振り返らなくてもそれくらいは気づく。

大伍は苦笑した。

「さすがに連れて帰るわけにはいかぬな」

小人目付は組屋敷に狭い長屋を与えられている。しかし、今大伍が住んでいる屋敷は五十俵としては少し広い。

「まくことができるか」

お広敷伊賀者だけでなく、伊賀者は尾行の名手ばかりであった。

「ぎゃくに目立つな」

正面で話をしたのだ。まちがいなく顔は覚えられている。ここで逃げ出せば、疑わしいと言っているに等しい。

「黒鍬組を使わせてもらうかあ」

大伍は黒鍬者の組屋敷へと足先を変えた。

「どこへ行くつもりだ」

かなり間を開けて大伍の後を付けている鹿間次郎右衛門が首をかしげた。

「……黒鍬者の長屋か。まずいな」

鹿間次郎右衛門が大伍の行く先に気づいた。

黒鍬者とお広敷伊賀者とはかかわりがあった。

「御春屋水《おつきやみず》でございまする」

毎朝、将軍の正室御台所の使う風呂の水を黒鍬者が大奥へと運び入れている。これは江戸城の井戸よりも江戸城竹橋御門を出たところにある通称御春屋の湧き水が、身体によいとされていることからおこなわれている行事であった。

譜代の黒鍬者が肩に担いだ水桶を大奥の出入り口である七つ口から、御台所の浴槽まで運搬する。男子禁制の大奥ではあるが、この男子というのは旗本以上を指しており、武家身分でない者の出入りは割にある。とはいえ、自在に出入りさせるわけにもいかないため、こういった場合はお広敷伊賀者が見張りとして付く。

「できる」

肩に担いだ水桶は満杯状態である。少しでも揺らせば、廊下を水で濡らすことになる。

「たわけ者めが」

大奥は将軍の私《わたくし》、小者風情が汚すことなど論外、しくじればそれこそ首が飛んだ。その状態で、一切身体を揺らすことなく、一滴の水もこぼさない。それがなにを意味するかがわからないお広敷伊賀者はいなかった。

「………」

顔見知りが多い黒鍬者組屋敷である。森藤のように大伍が出世したと知っている者も少ない。すれ違う黒鍬者は、なじみの小人目付が来たくらいにしか受け取らず、平然と大伍を受け入れた。

「黒鍬になじんでいる……。小人目付だというのにまちがいはないようだ」

鹿間次郎右衛門がため息を吐いた。

「せめて名前だけでも……」

ここまで来てなにもなしで帰るのはもったいないと鹿間次郎右衛門が大伍の後を追うのを止め、黒鍬者を探した。

「なにか」

その背中に、声がかかった。

「……うっ」

気配を感じなかったことに鹿間次郎右衛門が驚愕した。

「伊賀のお方か」

鹿間次郎右衛門に声をかけたのは森藤であった。

黒鍬者の本来は山師であった。人の入りこんでいない山奥へ赴き、金や銀、銅などの鉱山を探す。当然、熊や狼、まむしなどの獣と出会う。他にも隣国の山師と鉱山を巡っての取り合いもする。

黒鍬者の戦いは、どちらが先手を打つかで大きく変わってくる。気配を殺すことにかんして、黒鍬者は伊賀者よりも得意であった。

「黒鍬者か」

お仕着せの半纏《はんてん》姿、素足に木刀一本、一目で黒鍬者とわかる。

「さようでございまするが、我らが組屋敷になにか御用でも」

首肯しながら、森藤が尋ねた。

「先ほど、小人目付が来たであろう」

「ああ、お見えでございまする」

あっさりと森藤が認めた。

「名前を知りたい」

鹿間次郎右衛門が要求した。

「森藤と申しまする」

「そなたの名前ではないわ。あの小人目付の名前じゃ」

しれっと己の名前を口にした森藤に、鹿間次郎右衛門があきれた。

「さようでございましたか。どれどれ」

森藤が大伍の行ったほうを見た。

「おられませぬな」

すでに大伍は見える範囲にいなくなっていた。

「顔を見たであろう」

「いいえ。お背中だけで」

追及する鹿間次郎右衛門に、森藤が首を横に振った。

「後ろ姿でもわかるだろう」

「それだけではちょっと。小人目付さまはたくさんお出でございますので」

あきらめきれない鹿間次郎右衛門に森藤が困った顔を見せた。

小人目付の定員は五十名と多い。そのすべてを熟知することは難しい。

「ええい、役立たずが。もうよい」

怒った鹿間次郎右衛門が手を振って、森藤を追い払おうとした。

「あちらだったな」

そのまま鹿間次郎右衛門が大伍の後を追おうとした。

「お待ちあれ」

森藤が鹿間次郎右衛門を止めた。

「なんだ」

鹿間次郎右衛門が振り向いた。

「これ以上はご遠慮願いたく」

「むっ」

森藤の言葉に鹿間次郎右衛門が苦い顔をした。

組屋敷は、その役目に就いている者のものである。目付あるいは徒目付、小人目付ならば役儀によって出入りできるが、それ以外の者には認められていなかった。

「目をつぶれ」

鹿間次郎右衛門が見逃せと言った。

「では、代わりに四谷の組屋敷に、我らの出入りもお許しいただきましょう」

四谷の組屋敷とは伊賀者のもので、隠密という役目柄目付でも許可なく出入りはできなかった。

「それはできぬ」

「こちらも同じ。黒鍬には黒鍬の都合がございますゆえ」

首を左右に振った鹿間次郎右衛門に森藤が言い返した。

「黒鍬者が生意気な」

中間は武士よりも格下になる。鹿間次郎右衛門が格を持ち出した。

「お目付さまにその旨お報せいたしましょう」

黒鍬者も目付の支配下にある。目付との連絡は付けられた。

「それは……」

名前も役目も話してしまった鹿間次郎右衛門が詰まった。

「…………」

これ以上は話をすることはないと、森藤が黙って鹿間次郎右衛門を見つめた。

「このままですむと思うな」

鹿間次郎右衛門が捨て台詞《ぜりふ》を残して、去っていった。

「……ご迷惑をおかけしました」

いつのまにか尻端折りをもとに戻した大伍が森藤の側に来ていた。

「お気になさらず」

森藤が笑った。

「あのていどの輩《やから》ならば、相手にもなりませぬよ」

「まさに」

森藤の感想に大伍も同意した。

「捨て台詞を残す。それはこちらに警戒をさせる行為」

「さよう。なにも言わず……いや、手間を取らせたと謝意を示して去れば、こちらを油断させることもできたでしょうに」

大伍の批評に森藤がうなずいた。

「お広敷伊賀者でございましたな」

「あれで伊賀者とは、落ちたものござる」

二人が顔を見合わせた。

「さて、では失礼をいたしましょう」

「なにを言われる」

辞去しようとした大伍を森藤が止めた。

「このままお帰ししては、娘に怒られまする」

「いや、佐久良どのなら、今朝も会った」

森藤の発言に大伍が驚いた。

「朝は、朝。夕は夕でございましょう」

「いや、ご迷惑でござろう」

強弁する森藤に、大伍が遠慮した。

多少の余得があるとはいえ、黒鍬者は薄禄である。家族以外を食事に招けば、しっかりそのぶん誰かが我慢することになった。

「お気遣いには感謝いたしまするが、最近、娘が食事を持って帰ってくるようになりまして」

「ああ」

森藤に言われた大伍が思いあたった。

佐久良に夕餉《ゆうげ》の用意をしてもらうときに、実家のぶんも作って持ち帰ってかまわないと大伍は許可していた。

「おかげさまで、最近はよい思いをいたしております
森藤が喜んで見せた。

「ですので、是非」

「かたじけない」

強く誘われた大伍が、頭を垂れた。

第四章　祖父の後悔

一

小姓組頭が決まった。

望み叶わなかった柳川主水は、その憤懣を土方雄乃進にぶつけた。

「手柄もなしに食禄をこれからももらおうなど、厚顔にもほどがある」

こうして土方雄乃進は浪人になった。

幕府ができて百八十年近く経つ。最後の戦である島原の乱からでも百五十年は過ぎている。それだけの期間、泰平が続いた。

つまり武士の活躍の場がなくなった。

戦わない武士に価値はない。

「剣術の免許皆伝」

「槍を遣えば、道場でも指折りの……」

乱世であれば引く手あまたであった売りは、今や足を引っ張っている。

「算盤《そろばん》のできる人物を求めておっての」

「農政に詳しい御仁ならば……」

幕府も大名も泰平に伴う生活状況の改善への対処に四苦八苦している。ようは、贅沢に慣れたことで収入を上回った支出をどうにかしなければならなくなった。

「収入を増やす」

「支出を抑える」

どちらにせよ、剣や槍は役に立たず、求められるのは文官ばかりになる。

当然、仕官の口は少なかった。

もちろん、まったくないわけではなかった。

「殿が武芸をお好みである」

一人か二人、武芸で仕官の叶う者はいた。

「天下の名人」

「立てこもった盗賊を成敗した」

だが、そんな幸運に巡り合える者は、よほど高名である。名が知れていなければ、仕官の誘いは来ないからだ。

「……どうすれば」

わずか十数俵という身代ではあったがそれでも昨日まで明日の、来年の心配をしなくてもすんだのが、いきなり失われた。

「八十石で御家人」

出世の夢はまさに泡沫のように潰《つい》えた。

夢どころか、居場所、食事さえなくなった。

「ふざけるな」

かつての主君への恨みは激しい。だが、その恨みを晴らすには、明日を生き延びなければならないのだ。

「……保って三日」

懐を探ったところで出てくるのは朱銀と小銭だけであった。

「こうなると……やるしかないの」

土方雄乃進の目つきが変わった。

「どうせならば、柳川家に痛手がくるようにしてくれよう」

唇を三日月のようにゆがめて土方雄乃進が嗤《わら》った。

家老など重臣は別として、家臣を放逐したところで、どこかへ届けるとか、世間へ周知するなどはしないのが通常であった。

「家臣一人も満足に操れぬとは、重みのない奴よ」

それどころか、下手にすれば、家の評判に傷がつく。

すでに柳川主水は土方雄乃進のことなど頭のなかから放り出している。それは柳川家に仕える者も同じであった。

「巻き添えを喰ってはかなわぬ」

親しく往来していた同僚も、土方雄乃進のことなど最初からいなかったものとして扱っている。

そのなかに土方雄乃進の許嫁《いいなずけ》の家もあった。

「二度と訪ねてくれるな」

せめて別離の一目をと願った土方雄乃進の願いはあっさりと拒まれた。

「されば、窮鼠《きゅうそ》となろうぞ」

浪人に仕官の道はない。ないわけではないが、前の雇い主に確認がいくのは決まりだけに、土方雄乃進にはどうしようもなかった。

「飢えるよりはまし」

ずっと武士として生きていた。剣を学び、いつかお家の役に立つ。そのために一生懸命修行を積んだ。それ以外なにもしてこなかった。かろうじて読み書きはできるが、算術は心許《こころもと》ない。

こんな土方雄乃進に商家奉公や職人の徒弟などできるはずもなかった。

「剣術道場も無理だ」

すでに江戸には剣術道場がひしめいている。それこそ町内に一つ道場があるといっても言い過ぎではないのだ。

そんなところに無名の土方雄乃進が割りこんだところでやっていけるはずはなかった。少なくとも道場を建てて、弟子も紹介してくれるような後援者が要った。

「どうしてくれようか」

だからといって土方雄乃進も死にたいわけではない。

「金はない。それこそ明日が危うい」

江戸の物価は高い。寝るところは寺や神社の軒下でもいいが、喰わないというわけにはいかなかった。外食をしないのが武士の習わしではあるが、独り身だった土方雄乃進は道場の行き帰りに空腹を養うため煮売り屋ののれんを潜ったことはあった。そのおかげで一食におよそ百四十文ほどはかかると知っている。

「斬り盗り強盗、武士の倣いという」

土方雄乃進の目つきが昏《くら》くなった。

江戸の町は開闢以来、辻斬りと強盗が多かった。

その対応に追われた幕府が自力ではどうしようもないと大名や高禄の旗本に、屋敷の近辺だけでも警戒しろと押しつけたことからもわかる。

「辻番を出せ」

辻番の効果だけでなく、火付盗賊改方の創設などもあり、江戸の治安は往事に比べて格段によくなっているとはいえ、やはり目の届かないところは出てくる。

斬り盗り強盗をすると決め、悪事に手を染めようとした土方雄乃進は、今回の暗躍の結果ふさわしい場を嗅ぎ分けられるようになった。

ようは他人目のなく、暗いところで、遊里などからさほど離れていないところ。

土方雄乃進は、深川の遊郭から少し離れた御家人の屋敷が並ぶ一角を選んだ。

「辻灯籠に灯《ひ》も入っていない」

すでに暮れ六つを過ぎて、あたりは暗くなりつつある。これが江戸城に近い神田や表五番町ならば、辻角に置かれた灯籠に油が注がれ、淡い光を放っている。

泊まりができるようになったとはいえ、吉原の大門も一夜中開いているわけではなかった。それでは余りに用心が悪すぎるということで、大門は子《ね》の刻をもって閉鎖される。もちろん、客のなかにはそれ以降に帰途につく者もいるので、大門の並びにある脇門はいつでも開かれる。ただし、見世が閉まっているため出ていくだけで入ることは許されていない。

とはいえ、夜中に一人寂《さび》れた吉原田圃《たんぼ》や日本堤を通りたいと思う者は少なく、その日のうちに帰る客は、大門が閉まる半刻（約一時間）前くらいには出ていった。

「……………」

その客たちを土方雄乃進は物色していた。

「職人は金を残さぬ」

手に職を持つ者は無一文となっても翌日働けば、金が入る。職人の給与はその日払いが決まりだからだ。

そのため、金を残そうとはせず、それこそびた銭まで使い果たす。これでは襲ったところで無駄にしかならない。

「商人かあ」

続いて裕福そうな商人に土方雄乃進が目を付けた。

「用心棒もなしか」

土方雄乃進がその商人に護衛が付いていないことにため息を吐いた。

金は商人にとって命である。男だから商人も女遊びはする。だが、無駄な金は遣わないし、なにより支払いが節季ごとであった。

「頼むよ」

顔なじみの見世や揚屋ならば、金を持たずとも遊べる。これは後日、まとめた請求書を吉原から出させるからであった。こうすれば、重い金を持ち歩かずにすむ。なにより襲われても被害がない。

得意先の接待などで、どうしても金を持ったままで吉原へ行かなければならないとなれば、商人は護衛を雇う。親しくしている御用聞きや、後援している町道場の主などを同伴して、斬り盗り強盗が出たときに備える。

つまり、用心棒や護衛が付いていない商人は、持ち合わせが少ないということになる。

「……なかなかの身形《みなり》だな」

土方雄乃進が、供を一人連れて吉原から出てきた武士に狙いを付けた。

武士の場合は金がなくとも両刀がある。さすがに正宗《まさむね》や長船《おさふね》などの銘刀はまずないが、それでもよほどのなまくらでないかぎり、刀剣商へ持ちこめば二両や三両にはなる。両刀をそろえてとなれば、五両は固い。

「あれだな」

獲物と定めた武家の後を土方雄乃進は付け始めた。

「主も供もさほどたいしたことはない」

歩くときに腰が据わっているかどうかを見るだけで、武芸の心得があるかどうかはわかる。

「…………」

二人相手でも問題ないと確信を持った土方雄乃進が、一気に間合いを詰めた。

「誰だ」

さすがに三間《けん》（約五・四メートル）ほどに近づけば、気づく。

供が提灯を突き出して、土方雄乃進の面体《めんてい》を検《あらた》めようとした。

「ふん」

踏みこんだ土方雄乃進が、抜き撃ちに提灯を切り落とした。

「あっ」

一瞬、燃えあがった提灯だったが、すぐに消えた。

「な、なにやつ」

供が愕然とし、主が一応太刀の柄に手をかけた。

「…………」

どちらも相手にせず、土方雄乃進が二人を鞘ごと抜いた太刀で殴りつけた。

「ぎゃっ」

「ぐえええ」

頭をなぐられた供が苦鳴をあげ、脇腹を打ち据えられた主がうずくまった。

「どれ……」

抵抗する力を失った主から土方雄乃進が太刀と脇差を奪い、さらに懐へ手を入れた。

「……紙入れ」

「か、返せ」

主が手を伸ばした。

「命を捨てるか」

土方雄乃進が低い声で脅した。

「………」

主が黙った。

「冥加《みょうが》だと思うことだな。助かったのだから」

両刀を下げ緒で縛り、肩に担いで土方雄乃進が背を向けた。

「だ、旦那さま、お大事はございませんか」

身を潜めるようにしていた供が、主のもとへ近寄った。

「大事ない」

「御上へお届けを」

答えを聞いた供が駆け出そうとした。

「ならぬ」

「えっ、なぜでございましょう」

主の言葉に供が唖然とした。

「余は番頭ぞ。武をもって仕えておる者が、夜盗ごときに襲われて腰のものを奪われたなどと言えるわけなかろうが」

いかに泰平になって久しい天明の世とはいえ、武士は戦う者である。その武士が刃も交わさず、財布のみならず魂とまで言われている両刀を奪われてしまった。

「情けなし」

「お家の名前を貶《おとし》めた」

知られれば、周囲の反応は冷たくなる。

たとえ、武で奉公する番方でなく、算盤で仕える勘定方でも変わりはない。

当然、番頭という家の武を代表する者がそうだとわかれば、無事ですむわけはなかった。

よくてお役御免のうえ謹慎、悪ければ主家からの放逐もある。いや、まちがいなく放逐される。内証が苦しい大名、旗本にとって、一番金を食う藩士の削減は是非ともおこないたいのだ。

「ふがいなし。我が家の面汚しめ。二度とその顔を見せるな」

待ってましたと切り捨てにかかるのはまちがいなかった。

「よいな。そなたも決して漏らすでないぞ」

「へ、へい」

釘を刺された小者が震えながら首を上下に振った。

「ただではすまさぬから、そう心せよ」

暗がりでよく見えなかったのか、主がもう一度脅しをかけた。

二

武士は訴えないというのを土方雄乃進はしっかりと見抜いていた。

「なれば……」

土方雄乃進は金がなくなるたびに、夜遊びの武士を襲うようになっていった。

だが、いつまでも他人に知られずにすむわけはなかった。

「つ、辻斬り……」

いつものように強盗を働いていたところを職人風の男に見られてしまった。

「ちっ、大声を」

舌打ちした土方雄乃進が職人を追ったが、

「なにごとだ」

「強盗だと」

いつもより時刻が少し早かったこともあったのか、騒ぎに人々が集まってきてしまった。

「まずい」

一人二人ならば、目撃者を片付けることもできるが、それ以上となれば難しい。一人を斬っている間に逃げられてしまう。

「顔を見られる前に退散じゃ」

土方雄乃進が暗闇へと溶けた。

辻斬り強盗となれば町奉行所だけでなく、火付盗賊改方も出張ってくる。

「狩り場を変えざるをえぬか」

一日に何度も夜回りが出るようになると、捕まる危険性が高まる。

「どこがいいか」

土方雄乃進は新たな狩り場を求めて、遊所近くをたむろするようになった。

黒鍬者三番組鈴川武次郎《すずかわたけじろう》は、朋友の三郎兵衛《さぶろうべえ》、善吉《ぜんきち》、卯の佐《うのすけ》と一緒に深川八幡宮に近い岡場所で遊んだ後、組屋敷への帰途についていた。

「いい妓だったぜ」

鈴川武次郎が満足そうに笑った。

「そいつはうらやましいことだ。こっちは回しを取りすぎだ。寝床にいたのなんぞ、小半刻もなかったわ」

三郎兵衛が文句を言った。

回しとは妓が同時に何人もの客を取ることをいう。馴染みの客が重なったりしたときにおこなわれることが多い。

当たり前のことながら、馴染みの深さで妓のいる時間が違い、酷《ひど》いときは顔を見ただけで放置ということもあった。

「おめえの敵娼《あいかた》はまだ見られる顔をしてただけいいじゃないか。こっちは鼻がなかったんだぞ」

卯の佐が参加してきた。

「まあ、おいらたちが出せる金なら、そんなもんだぜ」

善吉が達観を口にした。

「吉原はどうなんだろうなあ」

ふとあこがれを卯の佐が漏らした。

「死ぬまでに一度でいいから太夫を抱いてみたいものだ」

三郎兵衛も同意した。

「無理だな。一年飲まず食わずで金を貯めたところで十両にも届きゃしない。太夫の匂いさえ嗅げないぞ」

善吉があきらめろと告げた。

「なあ、武次郎。主殿頭さまからなにかないのか」

三郎兵衛が真剣な目つきに変わった。

かつて鈴川武次郎ら四人は病床の田沼意次に目通りを願い、立身出世と引き換えにその走狗《そうく》となることを誓っていた。

「なにもない」

鈴川武次郎が苦い顔をした。

黒鍬者、それも新参とされる三番組、四番組に明るい未来などなかった。

毎日毎日、江戸の辻を見回って穴が開いていれば埋め、馬糞が落ちていれば取り除くの繰り返し。

江戸城へ向かう大名行列を差配するのも、大奥に御春屋の水を運ぶのも、譜代といわれる一番組、二番組の仕事である。そう、大名家から当家の行列を先にと配慮を求める代償の金も、大奥へ出入りが許されているという名誉も、三番組、四番組には関係ない。三番組、四番組に属している黒鍬者は、幕臣という身分を手に入れたいと願う者に、その株を売るか、数代耐えて譜代の空きが出るまで待つかしか、状況を好転させる機会はないのだ。

鈴川武次郎たちは、その現況を変えるべく、政争に敗れた田沼意次を選んだ。つまりは博打をしたのである。

「忘れられているのではないか」

卯の佐が懸念を表した。

「ありえるな」

善吉も同意した。

「我ら黒鍬者など、田沼さまから見れば塵芥《ちりあくた》よ。ただ味方をするというので、邪魔にはなるまいとお目通りをくださっただけで、実際になにかを任せるというおつもりはないのでは」

「むうう」

善吉の言葉に鈴川武次郎がうなった。

「思い出してもらうべきではないか」

三郎兵衛が鈴川武次郎に尋ねた。

「なあ、武次郎」

黙った鈴川武次郎に卯の佐が声をかけた。

「なんだ」

鈴川武次郎が卯の佐へ向き直った。

「田沼さまに付いていてよいのか」

根本について卯の佐が疑問を呈した。

「なにを言っている」

「もう田沼さまに力はない。隠居もなされたし、病で倒れられてもいる。今さら、復権など無理だろう」

険しい声を出した鈴川武次郎に卯の佐が述べた。

「……このままでいいと」

「よくはない。働いたところで引きあげてももらえぬ。なにより、腹一杯飯さえ喰えぬ。女を抱くなぞ、数ヶ月に一度できるかどうかだ。不満はある」

問い返した鈴川武次郎に、卯の佐が応じた。

「それに田沼さまは、いまだにご老中首座さまから睨まれておられよう。そのようなお方に近づいて、越中守さまのお気に障れば……」

「我らなど一瞬で消し飛ぶな」

卯の佐の話に、善吉が嘆息した。

「なれば、このままおとなしくしていたほうがよいのではないか」

「あきらめろと」

鈴川武次郎が卯の佐を睨みつけた。

「おぬしが森藤の娘に惚れているのは知っている。なんとかしたいと思っているのも理解している。だが……」

卯の佐が言いにくそうに最後を濁した。

「ち、違う。吾はこの境遇をなんとかしたいと……」

「我らの仲でごまかしは不要だ」

否定した鈴川武次郎を三郎兵衛が制した。

「……………」

鈴川武次郎が黙った。

「たしかに生活は苦しい。普段、酒も舐《な》めていどしか口にできぬし、米は食えても菜など付かない。仕事も誇れたものではない。とはいえ、生きてはいける。それは黒鍬者という身分があるからだ」

三郎兵衛が続けた。

「その肩書きを失うようなまねをしていいのか。賭けに出て勝てばいいが負ければ今の生活も失うことになる」

「……このままで終わられると思っているのか。あの主殿頭さまだぞ」

無言で聞いていた鈴川武次郎が言葉を発した。

「そう言うのはわかる。田沼さまのご威光は、長く天下に轟《とどろ》いていたからな。しかし、ここ数年は、お身体の調子を崩されておられ、なにもなさってはいない」

小さく三郎兵衛が首を横に振った。

「むっ」

田沼意次の病床を訪れたことのある鈴川武次郎が詰まった。

「いいや、主殿頭さまはこのままではすまされぬ」

「ならば、陸奥下村への移封を黙って受け入れられたのはなぜだ」

聞いているだけだった卯の佐が加わった。

「お力がある、気力もあるならば、石高を半分以下に削られて我慢なさることはあるまい」

卯の佐が言った。

「きっとお考えがあるのだ」

「どのような」

「……それは……そうじゃ、越中守さまの油断を誘うためであろう」

鈴川武次郎が抗弁した。

「油断なさるようなお方ではないぞ、越中守さまは」

善吉も首を横に振った。

「…………」

反論された鈴川武次郎が、うつむいた。

「おもしろいことを申しておるな」

鈴川武次郎たちを獲物として狙っていた土方雄乃進が聞き耳を立てた。

「あやつらに落ちぶれたとはいえ、田沼主殿頭さまと面識があるとは考えられぬ。が、まんざら嘘とも思えぬの」

土方雄乃進が興味を持った。

「おもしろいの。詳しい話を聞くとするか」

口の端を吊りあげて、土方雄乃進が辻の陰から出た。

非番の日、森藤はいそいそと出かける用意をしている娘佐久良に苦笑した。

「なにか」

それに佐久良が気づいた。

「楽しそうなのはよいが、射貫どのとなにか約束でもしたのか」

「約束でございますか……」

問われた佐久良が首をかしげた。

「……そういえば、今日のお昼は蕎麦屋で好きなものを頼んでいいと」

「はああ」

娘の無邪気な答えに、森藤がため息を吐いた。

「お父さま……」

佐久良が怪訝そうな顔をした。

「わかっていて、とぼけるではないわ。親をごまかそうとするな」

「見抜かれました」

あきれた父に娘が微笑んだ。

「親ぞ、そなたのことを誰よりもよく知っている」

「はい」

森藤の言葉に佐久良がうなずいた。

「気づいているのだろう」

「…………」

「無言は肯定と同じだぞ」

黙った娘に森藤が言った。

「大伍さまはこれからも立身なさる」

「ああ」

佐久良の口から出たことを森藤が認めた。

「すでに射貫のお家は、小者から御家人へと身上げをした」

小者は役目にある間は武士身分として扱われるが、無役になると両刀を差すのも遠慮しなければならなくなる。

しかし、御家人は将軍への目見えができないだけで、身分は武士である。それどころか、将軍家の直臣として、諸藩の家老や用人などの陪臣より格上になった。

「森藤は黒鍬者。表だって名字を名乗ることも許されぬ身分じゃ」

「釣り合わぬと」

佐久良が父をじっと見た。

「そうだ。ああ、決してそなたと射貫さまが似合いではないという意味ではないぞ」

娘に怒られないように、森藤が付け加えた。

「まさか、あきらめろと」

すっと佐久良の声が低くなった。

「親を脅すな」

森藤が頬をゆがめた。

「これ以上は厳しいぞ」

「大伍さまがお旗本さまに……」

佐久良が困惑の表情を見せた。

「感づいていると思ったのだが」

ふたたび森藤がため息を吐いた。

「御用を承っておることくらいはわかっておろう」

「それは伺っております」

確認する森藤に、佐久良がうなずいた。

出かける大伍に佐久良が用件を訊いたことがあった。しかし、大伍は御用だとしか教えてはくれなかった。

「その御用を果たしたのか、果たすための前渡しなのか、それが五十俵」

森藤が述べた。

「今どき、公方さまのご寵愛を受けていない者で、これだけの出世は珍しい」

五十俵はたいしたものではないとはいえ、そうそう加増されるものではなかった。

「なにより不思議なのが、射貫さまがお役に就いていないことだ。お役に就いていない者に加増などありえぬ」

「…………」

難しい顔をした森藤を、佐久良は無言で見つめた。

「秘命を受けたとしか考えられぬ」

森藤も想像しかできなかった。もっとも、その裏にはしっかりとした根拠があった。

一つは黒鍬者の身につけている法被の貸与、そして伊賀者の死体の始末。どちらをとっても表沙汰になれば、大伍は無事ですまない。

「秘命……」

佐久良が顔色をなくした。

「どれだけのものを、どなたから受けたのかはわからぬ。だが、御家人とはいえ、功績なしでの加増が可能なお方は少ない。公方さま、ご老中さま、若年寄さま、このあたりであろう」

「…………」

そうそうたる顔ぶれに佐久良が息を吞んだ。

「お歴々が、褒賞の前払いまでなさった。それだけ射貫さまのお役目は面倒だということ。そして、当然お役を果たしたうえからは、取り立てられるのも当然。数年先、まちがいなく射貫さまは数倍の身代を得られていよう」

森藤が静かに告げた。

「なによりまちがいなくことが終わったとき、射貫さまは旗本になっておられよう。そうなると届かぬぞ」

「お旗本に大伍さまが」

佐久良も真剣になった。

「お伝《でん》の方さまの例もある。黒鍬者だからといって、卑屈になることはないが」

かつてお伝の方は、五代将軍綱吉の側室となっただけでなく、一男一女を儲けた寵姫である。系図上は千石の旗本堀田将監《ほったしょうげん》の娘とされているが、そのじつは黒鍬者小谷権兵衛《こたにごんべえ》の娘であった。お伝の方に綱吉の手が付いたとき、父親が武士でさえない黒鍬者では外聞が悪いとして、引きあげられたのだ。

「ただお伝の方さまの場合は、お相手が公方さまであったゆえ、誰も文句を言えなかった」

将軍の寵姫を誹謗中傷できる者などいない。せいぜい陰口をたたくていどで、それ以上のことはできなかった。とはいえ、佐久良の場合は事情が違う。

森藤はそれを懸念していた。

「それくらい理解しています」

迷うことなく佐久良が言った。

「どれだけ大伍さまがえらくなられようとも、わたくしは変わりませぬ」

「それは射貫さまの妻となる覚悟があると」

「はい」

念を押した父に、しっかりと佐久良が首肯した。

「承知した。ならば父としてなにも言うことはない」

満足そうに森藤が首を縦に振った。

「いや、一つあった」

森藤が言い忘れていたと佐久良に笑いかけた。

「今のそなたは射貫さまから見て、妹だぞ。まあ、妹のほうが距離は詰めやすいだろうが、踏みこむ機会を逃せば生涯そのままになりかねぬぞ」

「ううっ」

痛いところを突かれた佐久良が情けない顔を見せた。

三

江戸の城下で一つの任を果たした大伍は、いよいよ遠国行きの準備に入った。

「武術修行の願い、殊勝である」

大伍の名前で小笠原若狭守が出した廻国修行の願いは、あっさりと通った。

「当たり前か。御側御用取次さまのお口添えがあったならば、誰も反対などできぬか。逆らいながらもその力に頼るとはの」

大伍が苦笑した。

「まあ公方さまのお下知じゃ。若狭守さまといえども、吾をどうこうするには二の足を踏むだろう」

手裏剣代わりにと釘を細工しながら、大伍が独りごちた。

大伍としても仲介役ともいうべき小笠原若狭守との決別は避けたい。が、命を懸けてまで抗《あらが》いたいとは考えていなかった。

「先が欠けたか」

近隣の鍛冶屋で手に入れた釘の質は悪い。鉄のなかに紛れこんでいる異物が、強度を著しく下げていた。

「仕方ない」

小さく嘆息して、大伍はその手裏剣を捨てた。

「後は装束だな」

小人目付をしていたときに作った小袖は裏返せば、濃いねずみ色の忍装束になる。それを大伍は振り分け荷物にしまいこんだ。

「見せるわけにはいかぬ」

こういった隠密道具の用意を佐久良に見られるのはまずかった。

「なにをなさるおつもりですか」

佐久良が追及してくることはまちがいなかった。

それを避けるため、大伍は旅支度を佐久良が帰った後の深更《しんこう》におこなっていた。

「これでいい」

準備なんぞ、気にしだしたらいくらでも不足が出てくる。さすがに背中に風呂敷包みを背負うことはできない。どこかで準備に見切りを付けなければならなかった。


旅立つ用意はできた。

翌朝、大伍は振り分けにした荷物を肩にした。

「では、行って参る」

「はい。お気を付けて。お留守はご懸念なく。家人として、しっかりと守ります」

右手を軽く挙げた大伍に佐久良がしおらしい態度で応じた。

「家人……」

そのなかの一言に大伍が首をかしげた。家人とは、主の家族あるいは、家臣のなかでも古い者のことを指す。

「お戻りまで、こちらで寝起きをさせていただきまする」

しれっと佐久良が言った。

「それはさすがにまずかろう」

嫁入り前の娘が別の家で寝泊まりをするというのもあるが、なにより一人でいさせるのはまずかった。

「父も母も許してくれておりますよ」

大丈夫だと佐久良がほほえんだ。

「しかしだな、若い娘が一人だと知られれば、どのようなことがあるかわからぬ」

大伍が懸念を口にした。

「ときどき父か兄が来てくれますので」

佐久良に抜かりはなかった。

「それに通うのも手間でございますし」

近いようで大伍の屋敷と黒鍬者組屋敷は、歩いて小半刻ほどかかる。

「むう……よいのか」

言う先々を押さえられて、大伍が悩んだ。

「なにより、一番に大伍さまをお迎えしたい」

甘えるように佐久良が上目遣いをした。

「……うっ」

普段は厚かましいほどの佐久良が初めて見せたしおらしさに、大伍は衝撃を受けた。

「駄目でしょうか」

「……い、いや。では行ってくる」

追撃をかけてくる佐久良に、大伍は焦りながら背を向けた。

「…………」

大伍の背中が見えなくなるまで見送った佐久良が、楽しそうに屋敷へと戻った。

今回の旅は手始めのつもりでいる大伍は、あまり遠くまで足を延ばすつもりはなかった。といったところで、実際は遠出するだけの金がない。

　庶民が伊勢参りをするために江戸から伊勢まで旅をするのに一両かかるとされていた。もちろん片道の費用である。

　もし、大伍が薩摩や熊本などの九州まで足を延ばすとあれば、少なくとも片道で五両、往復で十両は要る。

　野宿や糒《ほしいい》と味噌だけの食事で我慢をすれば、半分ほどですむだろうが、それをすると疲れがたまり、本番のところで些細な失策を犯しやすくなる。

　遠国御用を受けた伊賀者が、まず日本橋の白木屋へ向かい、身形を整えて路銀を手に入れるのは、金の心配することなく十二分な状態で目的地に入り、役目を果たすためであった。

「心許ないな」

　大伍は歩きながら、懐の軽さを嘆いた。

　家斉からもらった金と小笠原若狭守から受け取った金は、まだもらえていない禄米の代わりに生活を支えている。さすがに男一人、佐久良がときどき入ってくるが、二人の食費など知れている。

それでも増えることはなく、減っていく一方であった。

「日帰りしたいところだが……」

さすがに半日ほどで領地のこと、藩主の能力、性格まで調べることはできない。少なくとも一つの大名に三日はかけなければならなかった。

「旅籠《はたご》をあきらめるという手もあるが」

大伍が嫌そうな顔をした。

旅先での宿泊は、大きく分けて二つあった。金を払って宿を取るか、寺社や庚申堂《こうしんどう》などに泊まるか。寺社や庚申堂は無料であるが、夜具はもちろん、食事もない。下手をすれば、井戸さえないこともあった。

その点、宿は費用がかかるが、雨風や水の心配はしなくていい。とはいえ、宿にも二つあり、基本相部屋のない旅籠、板の間で他人と雑魚寝《ざこね》になる木賃宿に分かれていた。

旅籠だと夜具も食事も風呂もある。一方で木賃宿は、夜具なし、食事なし、風呂なしとなっていた。

当然料金にも大きな差があった。

旅籠であれば、一泊二食でおおむね二百五十文内外、木賃宿だと六十文あたりが相場となっている。

六十文は安いが、それに食事の費用がかかる。木賃と言われているのは、煮炊きに使う薪代も別途かかるところから来ている。つまり、木賃宿で安くすませたつもりが、食事の用意に薪代と思わぬ出費が重なり、意外と高く付く。

とはいえ、木賃宿は旅籠の半分くらいであった。

「身元検めを受けたくなければ、旅籠を使うべきか」

歩きながら大伍は思案をまとめようとしていた。

どこの城下でも治安は最優先とされている。城下に盗賊や不逞《ふてい》浪人が入りこむのを避けたいのは当たり前であった。

そして、そういった危ない連中は、城下の空き寺や空き家、あるいは木賃宿を根城《ねじろ》にする。形だけになるとはいえ、旅籠はしっかり宿帳を取るからよほどの事件《こと》でもないかぎり検めはまずなかった。木賃宿も宿帳を付けるようにと町奉行所から命じられているが、旅籠のようにていねいではない。

「近江国大津、綿商人の太助。商いで参りました。三日ほど滞在するつもりでおります。ここの後はどこそこへ向かう予定で」

旅籠だと少なくともこれくらいは訊かれる。

「近江国太助」

それが木賃宿だと、これだけですむ。たとえ偽名であろうが、木賃宿は気にしない。前金で宿代をもらっているのだ。客が強盗をしようが、天下の指名手配を受けている凶状持ちであろうが気にしていなかった。

「検める」

町奉行所も木賃宿を疑っている。

そこに居合わせれば、面倒になる。なにせ検めを受ければ、身元がはっきりするまで拘束される。

「武者修行の旅でござる」

大伍は御家人である。格でいえば、藩主と並ぶ。たとえ木賃宿で宿検めに遭おうとも、何一つ問題はないが、

「なぜこのような安宿に」

そこへの疑問は避けられない。

「武術の修行であれば、身を慎ましくすべきと考えましてござる」

贅沢を避けたとの大義名分は言える。

「お見事なお考えでございまする」

町奉行所の役人も納得する。

だが、口止めにはならない。

「このような御仁が城下を訪れて……」

役人というのは、口が堅いように見えて軽い。

「武者修行の旅というならば、近いうちに道場へ来るのではないか」

そういった期待が城下に広まれば、大伍のことが知られてしまう。それは大伍の隠密としての働きにとって邪魔になる。

「二泊がよいところか」

懐と相談した大伍は旅籠を選んだ。

今回の旅で大伍が目を付けたのは、武蔵国岡部《むさしのくにおかべ》の藩主安部摂津守信亨《あんべせっつのかみのぶみち》であった。

江戸から岡部まではおよそ十八里（約七十二キロメートル）で、大伍の足ならば一日半ほどで着ける。大伍が岡部藩に目を付けたのは、その近さと当主摂津守が藩を継いでまだ六年ほどと若いところにあった。

安部摂津守の家系は、今川の重臣であった安部大蔵元真《もとざね》にたどり着く。安部家は今川家が武田信玄によって駿河を追われたとき、多くの者がそのまま武田に随臣するなか徳川家康に従う道を選んだ。その後は武田家の遠江侵攻を防ぐ盾となったり、関ヶ原では秀忠に属していたため戦には間に合わなかったが、大坂の陣ではよく働いたことなどもあり、晩年大名へと取り立てられた。

初代だけではなく、代々の当主が有能であった。役方ではなく、番方での活躍であったが、安部家の当主の多くは大坂城代の定番あるいは加役に就いていた。

「できるだけ若いほうがよい」

家斉の側近というか、信頼できる家臣は現状御側御用取次の小笠原若狭守しかいない状況なのだ。

大伍が有能で忠義なる人物を見つけてきたとしても、高齢であったり病弱であったりしては意味がない。

「安部摂津守は、宝暦八年（一七五八）の生まれで、今年三十歳。まさに働き盛り」

あらかじめ大伍は安部摂津守のことを調べてきている。といったところで武鑑でわかるていどでしかないが。

「よし」

行動予定を決めた大伍が足を速めた。

「……佐久良」

ふと別れたばかりの佐久良の顔が大伍の脳裏に浮かんだ。

「あれはどういうことだ」

佐久良が家人と言ったことが大伍は気になっていた。

「留守を預かるであったな。あれが留守を守るであれば、まるで妻のようではないか」

大伍は戸惑っていた。

「前に嫁にもらってもらうと言っていたが、あれは軽口であったはずだ」

思い出した大伍は首をかしげた。

「ひょっとして……不安なのではないか」

大伍が思いついた。

佐久良は美形であった。それこそ黒鍬小町と言われるほどである。そうなれば、佐久良に興味を持つ男は出てくる。

「嫁に欲しい」

実際、黒鍬者のなかからそういった申しこみが、森藤にあったとも聞いている。

「世話をしたい」

なかには佐久良を妾《めかけ》にと望んだ商人もいたとも言う。

「まだ子供ゆえ」

「黒鍬者とはいえ、幕臣の娘を妾にしたいと申すか」

それぞれに森藤はやわらかく、ときには辛辣《しんらつ》に対応したらしい。

貧しい御家人の娘から裕福な商人の愛玩物になる。飢えることも凍えることもなくなり、贅沢もし放題になる。

「玉の輿じゃ」

誰もがうらやむ話のように思えるが、そうではなかった。

妻ならばまだいい。妾にはなんの保証もなかった。

「最近お見えが……」

いかに容色が優れていようとも、年齢には勝てない。

歳経ることで、肌の張りは失われ、皺《しわ》が入る。そうなれば男はあっさりとしている。妾のもとへ通う回数が減る。

それですめばまだよかった。寵愛が深かったときのような我《わ》が儘《まま》は許されなくなるが、衣食住はそのまま与えられる。

「出ていってくれ」

問題は旦那が新たな女を囲った場合であった。

もう興味もなにもなくなった妾に、無駄なまねはしたくないというのが男の本音である。そんな金があるなら、新しい妾の機嫌を取るために遣いたい。

「手切れ金だよ」

雀の涙ほどの金を握らされて、古い妾は捨てられる。

そうなった女の末路は決まっていた。実家にはすでに跡取りの嫁や子供がいて、とても戻れはしないし、今まで何一つ仕事をした経験もない。となれば行く先は一つになる。花の盛りを過ぎた女では吉原など望むべくもなく、場末の岡場所に身を沈めるか、茣蓙《ござ》を抱えて一瞬を何文かで売る夜鷹《よたか》に落ちるか。

そうなるとわかっていて娘を渡すほど愚かな親はいない。もっともその日の暮らしにも困るようであれば、話は別だが。

黒鍬者とはいえ、幕臣なのだ。娘の婚姻には当主の森藤の許可が要った。

「佐久良を妻にするに不満はあるか……」

歩みを続けながら大伍は思案した。

そもそも二人は幼なじみである。弓足軽崩れの小者と譜代の黒鍬者。境遇も近く、身分もほとんど差がない。さらに住んでいる組屋敷も近い。

大伍の父も小人目付をしていた。そのときに黒鍬者と接点ができ、射貫と森藤は親しい関係になった。

結果、大伍と佐久良は幼なじみとして出会い、育ってきた。

毎日のように行き来していると、下手な親戚よりも親しくなる。大伍にとって佐久良は妹のようなものであった。

「本気なのか」

大伍は佐久良の言動をもう一度思い出していた。

「もらってもらう」

ここ最近、佐久良の口からその言葉が出る機会は多かった。

なにより、女が一人で男の屋敷に来る。それが妹としてであり、大伍を兄だと思っているがゆえの安心からなのか、それとも男女の仲になってもかまわないと思っているのか。大伍にはわからなかった。

「森藤どのも許している」

嫁入り前の娘を人手が足りないだろうと、男のもとに通わせる。

これも信頼なのか、それとも佐久良を娶《めと》れと暗に言っているのか。大伍は困惑した。

「……いかん。今は任のことだ」

大伍は混沌とした頭のなかから、一度切り離した。

四

病床に横たわる田沼主殿頭意次は、天井をずっと見ていた。

「お祖父《じい》さま」

隠居させられた田沼意次に代わって、当主となった孫意明《おきあき》が様子を窺うように声をかけた。

「……すまぬの」

田沼意次が孫を見た。

「余の油断が、そなたに苦労を強《し》いてしまった」

「……そのようなことは」

後悔を口にした田沼意次に意明が首を左右に振った。

「追いやったつもりでいたのだが……」

田沼意次が頬をゆがめた。

「世間を知らぬ尻の青い若者に天下の政など任せられぬ。あの愚か者は、祖父である八代将軍吉宗さまの偉業を継ぐなどと寝言を申しておったが……享保の施策が功を収めたのは、八代さまが世の理《ことわり》をご存じであったからだ。米がいくら、人足は一日でいくら稼げるかなどに精通なされていた。ゆえに米をどうすれば天下が落ち着くかをおわかりであった」

「…………」

「それをずっと城中田安館を出ることもなく、書物を読み、学者を招いて話を聞くだけで同じことができようはずもない。あやつが将軍になっていたら、親政という名前の愚策を積み重ねただろう。そうなって困惑するのは、民だ。御上が米は一升でいくらと決めたところで、従うわけなかろう」

「御上のお定めに刃向かうと」

意明が驚愕した。

「民を甘く見るでない」

田沼意次が孫を見た。

「飢える恐しさを民は知っている。我ら武家は禄があることで、それを知らぬ。この差は大きい」

「……飢えでございまするか」

意明が怪訝な顔をした。

「やはりわからぬか」

田沼意次が嘆息した。

意明が生まれたとき、すでに田沼家は大名になっていた。しかも数年前までは、我が世の春を謳歌していたのだ。嫡孫である意明は、それこそ真綿でくるむようにして大切に育てられてきた。

ひもじい思いなどしたこともない。いや、田沼意次がさせなかった。周囲も意明を祭りあげてきた。悪意など感じたこともなかった。

それが、十代将軍家治の死を機に変わった。

「飢えるとは、ものを口にできぬことをいう。飢えて死ぬ、渇きで死ぬ、人としてこれほど辛いものはない。ふん、偉そうに言っているが、儂も経験はない。ただ、吾が父から聞かされただけよ。そなたも教えられたであろう、田沼は不遇の時代があったことを」

「はい。曾祖父さまが病弱であられたとかで紀州家を退身、お祖父さまがふたたび召し出されるまでの間、貧しい暮らしをしていたと」

確かめるように訊いた田沼意次に意明が応えた。

「まともに飯が喰えなんだときもあったと言っておられたわ。腹が空いて、腹が空いて、たまらぬゆえ、井戸の水をたらふく飲んでごまかしたとも聞いた」

「水で……」

なに不自由なく育ってきた意明には想像が付きにくいことだっただろう。お腹《なか》を押さえて目を閉じた。

「生きていけるぎりぎりだった。もし、田沼家が八代将軍吉宗さまのお目に留まらず、そのまま紀州で朽ちていれば、そなたは生まれなかったろう。いや、儂とてこの世に生を受けてはいなかったはずだ」

「……ごくっ」

ことの深刻さがわかったのか、意明が音を立てて唾を呑んだ。

「それを思えば、身代《しんだい》を削られたくらいなにほどでもない。減ったとはいえ、一万石はあるのだ」

「はい」

意明が同意した。

一万石は大名の始まりであり、その格式は旗本とは比べものにならないほど高い。

「これが旧領相良のうちで一万石いただけたならば、儂は恨み言を呑みこんで死んだであろう。だが……」

穏やかだった田沼意次が、歯がみをした。

「……陸奥下村だと」

田沼意次が病身とは思えぬ気迫を見せた。

「参勤のたびに白河の関を越えねばならぬ。通るたびに田沼の当主は、白河藩へ挨拶に出向かねばならぬ」

大名同士ならば、よほどの付き合いかかわりがなければ、参勤で城下に宿を取るならまだしも通過するだけで、一々挨拶に行くことはしない。ただし、これが御三家や越前松平家の城下を通過するとなると話は別になる。御三家や越前松平家の当主が在国しているときは藩主が、そうでないときは供頭が城まで出向き、礼を尽くす。

そして八代将軍吉宗の孫である松平定信は老中首座ということもあって、越前松平家と同じ扱いを受ける。

「御領地を通りまする」

毎年、江戸と領地を行き来するごとに田沼家の当主は、松平定信に頭を下げなければならなくなる。

「大儀じゃ」

それを松平定信が鷹揚《おうよう》に受ける。

「まさに屈辱」

ほんの数年前までは、

「なにとぞ、当家を溜まりの間詰め格にご推挙いただきますよう」

ぎゃくに松平定信が辞を低くして頼んでいた。

「考えておこう」

それを田沼意次は冷酷にあしらってきた。

その仕返しが、陸奥下村への転封であった。

「お祖父さま」

不安そうな表情を意明が見せた。

「耐えよ。今はそれしかできぬ」

「いつまで耐えれば」

田沼意次の言葉に、意明が泣きそうになった。

「わからぬ。五年か十年か、あるいはもっとかかるかも知れぬ」

「そんなに……」

意明が呆然とした。

「いや、意外と短いかも知れぬ。三年かからぬかもの」

「…………」

「わからぬか」

首をかしげた意明に、田沼意次が愛《いと》おしげな目を向けた。

「越中が推している倹約は厳しい。人というのは一度覚えた贅沢や楽というものを忘れられぬものだ。まちがいなく反動はくる」

「老中首座の政に民が逆らうなど……」

「民を甘く見てはいかぬ。大名は民がなければ成り立たぬ。民がいなければ、誰が田畑を耕し、ものを売り買いさせ、道具を作るのだ。そなたと家臣だけで、下村一万石をどうにかできるのか」

「……それは」

意明が詰まった。

「御上がいくら強権を持つとはいえ、民を皆殺しにはできぬ。そのようなまねをすれば、誰も年貢を納めてくれず、刀や槍などの武具を整える者もいなくなるからな」

「ですが、御上の方針に異を唱える者を許しては、政などやっていけませぬ」

田沼意次の話に意明が反論した。

「よく育ったの」

うれしそうに田沼意次が目を細めた。

「政というのは、理不尽なものじゃ。すべての民のことを慈《いつく》しんでというわけにはいかぬ。大の虫を生かすために小の虫を殺す。これこそ政の真髄である。どうやらそなたはそのことをわかっておるようじゃ」

田沼意次が何度も首を縦に振った。

「だが、大の虫が政に反したらどうする」

「民の大多数が、御上に背を向ける。そのようなこと想像も付きませぬ」

意明が首を左右に振った。

「天下という大きさで考えるな。下村という小さな領地で考えてみよ。領民のほとんどが、そなたのやることに従わぬとなれば、政は成り立つまい」

「……はい」

「そのとき、そなたならどうする」

うなだれた意明に田沼意次が訊いた。

「折れるしかございませぬ」

「だの」

絞り出すように言った意明に田沼意次がうなずいた。

「ただ、折れるのは難しい。民というのは強欲なもの。一度でも折れれば、次もいけると思うようになる。それは許してはならぬ」

田沼意次が嘆息した。

「ただで折れるなと」

「そうじゃ」

「代償を要求する……」

意明が思案に入った。

「…………」

その様子を田沼意次がほほえみながら見守った。

「もしや、駕籠訴《かごそ》と同じことを」

意明が顔をあげた。

「そうじゃ。駕籠訴は御法度である。それをおこなった者は、訴えを上申できるが、ことの成否にかかわらず、死罪となる」

田沼意次が厳《おごそ》かに言った。

駕籠訴とは、将軍あるいは領主の外出の際に、領民なりが駆けよって訴えをすることである。厳重な警固を受けている将軍、領主に近づくだけでも困難なうえ、身元も明らかでない者が接近するなど大事に繋がりかねない。当然、厳罰に処される。とはいえ、命がけの訴えとわかっている。そこらへんは人情もあり、ほとんどが訴状を受け取る。もちろん、訴えがかならず認められるという保証はなかった。

「一揆などをおこした者どものまとめ役を数人処罰する。その代わりにこちらも政にかんして退く」

「まとめ役を見せしめにすると」

意明が確かめた。

「見せしめというのもあるが、そのじつは民どもの気持ちを一つにできる者どもを奪うのが目的である」

「奪う……」

声を冷たくした田沼意次に意明が緊張した。

「人というのは、付和雷同をするものじゃ。いや、付和雷同せねばことを起こせぬ。とくに民というのは、よほどのことでもないかぎり騒がない。騒げばたちまち力で押さえつけられるとわかっているからの。だが、それも扇動する者が出てくれば別じゃ。煽られて多くの者が集まれば、己はそのなかの一人に過ぎぬ。目立たなくなる」

「なるほど。それで旗振り役を滅すると」

「そうじゃ」

納得した意明に田沼意次が首を縦に振った。

「次がないように仕組む。これも施政者の仕事である。未来《さき》のために一歩退く。これも政である」

「わかりましてございまする」

意明がまっすぐに田沼意次を見つめた。

「うむ」

満足そうにうなずいた田沼意次が、頬をゆがめた。

「……なれど」

田沼意次が苦い顔で続けた。

「あやつに耐えられるかの。一度退くという屈辱が」

「越中守さまのことでございましょうや」

意明が問うた。

「矜持《きょうじ》の高いあやつじゃ。きっと民の声を無視しよう」

「それでは民の不満が高まりましょう」

「そのときこそ、好機であるが……儂はそれまで保《も》つまい」

小さく田沼意次が首を横に振った。

「そのようなお気弱なことを仰せられてはなりませぬ。江戸でも指折りの名医、いや、天下に名だたる医師を招きましょう。きっとお祖父さまはお元気になられまする。そしてそのお手で越中守に引導を渡してくださいませ」

あわてて意明が気遣った。

「うれしいことを言ってくれるが……己の身体のことは、己がもっともよくわかっておるでな。もう、二度と起きあがることはできまい」

田沼意次が淡々と述べた。

「お祖父さま……」

意明が泣きそうな表情を見せた。

「そのような顔をしてくれるな。吾が愛しき孫よ。あやつの没落は見られぬが、儂は安心して逝《い》ける。そなたという後継者を得られたからの」

「…………」

「跡を継ぐ者がいてくれる。これほど心強いことはない。家治さまはご無念であられたであろう」

悲壮な表情の意明の手を田沼意次が握った。

「泉下《せんか》でふたたびお目通りを願ったときに、家治さまにお褒めいただけるわ」

「褒められる……」

「そうよ。家治さまは跡継ぎの家基さまを先になくされた。そして今の公方さまを迎えることになられた。これは天下を統べる将軍としてしなければならぬことであるが、不本意であられたであろうな」

戸惑う孫に田沼意次が続けた。

「吾が子に後を譲ればこそ、父の行跡は汚《けが》されぬ。だが、そうでなければ先代の色を消そうと今代は動く。先代より優れていると見せねば、養子という弱い立場のままいなければならぬからな」

「では、公方さまは家治さまのことを」

「暗君とまでは堕《お》とされまいが、なにもせず世の乱れを放置したくらいには貶《けな》そうよ。それに越中守も与《くみ》するであろうしな」

「なんと卑劣な」

意明が怒った。

「落ち着け。小人のやることに目くじらを立てるな。そなたにはそれよりも大事なお役目がある。家治さまの真のお姿を後世に伝えるというな」

「それでお褒めいただけると」

祖父の話がようやく意明は腑に落ちた。

「さあ、もうよい。いささか疲れた。儂は眠る。後は頼んだ」

「はい。ゆっくりとお休みくださいませ」

大きく息を吐いた田沼意次に一礼して意明が病床を後にした。

「……琢馬《たくま》はおるか」

「これに」

祖父の病室を離れたところで、意明が腹心を呼び寄せた。

「当家に恩のある商家を、御用聞きを密かに呼び出せ」

「はっ」

琢馬と呼ばれた腹心が、頭を垂れて下がった。

「民の不満が噴き出すよう、煽ってくれよう。お祖父さまのお命がある間に、世情の不安が拡がれば、ご満足なされるだろう。越中守、祖父の晩年を汚した報い、受けてもらうぞ」

意明が憤りを口にした。

第五章　要と不要

一

鈴川武次郎と土方雄乃進は、互いが迫害されていると思いこんでいる者同士、すぐに意気投合した。

「おぬしが加われればおもしろかろう」

あっさりと鈴川武次郎は土方雄乃進の求めである田沼意次への目通りを認めた。

「行こう。今からならば、まだお目にかかれよう。田沼さまは難しくともご用人さまくらいにはお話しできるはず。それは無碍にはなさるまい」

誰も門限など気にはしていないが、黒鍬者として譜代にあがるには些細な傷も避けるべきである。そのためには遊びも暮れ六つには終わっていなければならない。

「また遅くまで遊んでおる」

さすがに一度や二度門限を破ったくらいならば問題にされないが、重なると悪評になる。すでに黒鍬者に見切りを付けている鈴川武次郎とはいえ、今はおとなしくしているべきと考え、遊所通いは日が暮れるまでとしていた。

「助かる」

合力してもらえるかもしれないと言われた土方雄乃進が軽く頭を下げて感謝の意を表した。

田沼家は懲罰を受けたばかりである。さすがに表門に竹矢来を打ちつけられてはいないが、それでも人の出入りはできるだけ遠慮しなければならなかった。

「門番どの」

表門に近づいた鈴川武次郎が潜り門を小さく叩いた。

「どなたか。門限を過ぎてからの来訪は遠慮いただきたい」

すぐに門番が応じた。

「黒鍬者の鈴川でござる」

「……黒鍬の」

名乗った鈴川武次郎に門番が息を呑んだ。

「少し離れてお待ちあれ」

門番が目立ってくれるなと願ってから、屋敷へと向かった。

「ほう、ちゃんと話は通っているのだな」

「なんだ、疑っていたのか」

その様子を見ていた土方雄乃進が感心し、鈴川武次郎が苦笑した。

「黒鍬者とかつての老中格さまに繋がりがあるなどそう簡単に信じられまい」

主君に裏切られた土方雄乃進は疑《うたぐ》り深い。

「たしかにの」

鈴川武次郎が苦笑をより深くした。

「……鈴川どの」

潜り門ののぞき窓が開いて、戻ってきた門番が小声で鈴川武次郎を呼んだ。

「いかがであった」

鈴川武次郎がもう一度近づいた。

「表は目立ちますゆえ、脇門へお回りいただきたく。そちらで近習頭の左近《さこん》がお待ちしておりまする」

「承知」

門番の話に鈴川武次郎が首肯した。

「……………」

無言で土方雄乃進を見た鈴川武次郎が、先に立って屋敷の角を曲がった。

「付いてこいか」

悟った土方雄乃進が鈴川武次郎の後を追った。

どこの大名家でも表門以外にいくつかの出入り口を持っていた。屋敷の塀に沿うように立っている藩士たちの長屋の間にあるものが脇門であり、主に家臣、その家族が出入りに使った。

「ここだな」

鈴川武次郎が脇門を叩いた。

「……………」

すっと脇門が開き、なかから手招きがなされた。

「ご免」

「邪魔をする」

鈴川武次郎と土方雄乃進が脇門の敷居をこえた。

「黒鍬三番組の鈴川どのでございまするか」

なかで待っていた田沼家藩士が確認を求めた。

「さようでござる。貴殿は」

見たことのない藩士に、鈴川武次郎が怪訝な顔をした。

「下野守《しもつけのかみ》の近習頭を務めております左近琢馬でございまする」

藩士が名乗った。

「……主殿頭さまでは」

田沼意次の腹心ではないと知った鈴川武次郎が警戒した。

「いえ、当主の下野守付でございまする」

左近琢馬がゆっくりと告げた。

「こちらは主殿頭さまにお目通りを願ったのでございますが」

「ご安心を。すべては下野守が受け継いでおりまする」

話が違うと言った鈴川武次郎に左近琢馬がうなずいた。

「なかへとご案内いたしたく存じまするが、そちらの御仁はどなたさまでございましようや。黒鍬のお方ではないような」

今度は左近琢馬が疑惑を口にした。

「拙者浪人土方雄乃進と申す。鈴川どののお誘いによって参上仕った」

土方雄乃進が一礼した。

「浪人……」

左近琢馬が警戒を見せた。

「ご案じなさるな。わたくしが保証いたしまする」

鈴川武次郎が自信をもって述べた。

「お腰のものをお預かりいたしまするが」

「もちろんでござる」

両刀を渡せと要求した左近琢馬に、土方雄乃進が両刀を外して差し出した。

「お預かりいたしまする」

左近琢馬が受け取った。

「では、こちらへ」

先に立って左近琢馬が案内した。

「……お屋敷ではございませぬので」

案内されたのは長屋の一つであった。

「拙者の長屋でございまする。申しわけございませぬが、今、お屋敷にお通しするわけにはいかぬ事情がありまして」

申しわけなさそうに左近琢馬が頭を下げた。

「しばしこちらでお待ちくだされ。主を呼んで参りまする」

長屋に二人を残して、左近琢馬が出ていった。

「大丈夫か」

予想外のことに土方雄乃進が不安を口にした。

「わからぬ。前回は主殿頭さまの病室まで通していただいたのだが……」

鈴川武次郎も戸惑った。

「病室……主殿頭さまはやはりお悪いのか」

田沼意次が失意から病になって臥《ふ》せていると江戸城下でも噂になっていた。

「お辛《つら》そうではあったが、まだお気力は軒昂《けんこう》であったようにお見受けしたのだが……」

土方雄乃進の問いに、鈴川武次郎が小声で答えた。

「だまし討ちに遭うということはなかろうな。刀を預けてしまったのだぞ」

抗いようがないと土方雄乃進が頬をゆがめた。

「それはないと思うが……そもそもお主が辻斬り強盗をしているなど、町奉行所も知るまい」

「たしかに顔は知られておらぬな」

鈴川武次郎の言葉に土方雄乃進が少し身体の力を抜いた。

町奉行所の手配は、少なくとも風体、顔付、身長などがわかっていなければ出されない。下手人が男か女かもわからない状況で、手配をかけても意味がないからであった。

「主下野守が参りましてございまする」

戻ってきた左近琢馬が、控えてくれと暗に伝えた。

「はっ」

「…………」

二人が座敷の下座へと移った。

「待たせたか。下野守である」

若い大名が上座に腰を下ろした。

「黒鍬者三番組鈴川武次郎にございまする」

「武蔵浪人土方雄乃進と申しまする」

鈴川武次郎と土方雄乃進が名乗った。

「うむ。そなたは一度、当家に参ったそうじゃな」

田沼意明が鈴川武次郎に話しかけた。

「主殿頭さまにお目通りをいただきました」

「なにやら与力すると申したと聞いたぞ」

「さようでございまする」

言われた鈴川武次郎が首肯した。

「今日もそのことであろう」

用件を話せと田沼意明が促した。

「それでは……」

鈴川武次郎が土方雄乃進のことを語った。

「……こやつが」

聞き終わった田沼意明が土方雄乃進を睨むように見て、

「…………」

左近琢馬が太刀の柄に手を置いて、警戒を強めた。

「食べるためにやむを得ずでござる」

土方雄乃進が害意はないと両手を上にあげた。

「浪人ならば誰もが食うに困るであろう。だからといって浪人すべてが辻斬りや強盗になるわけではない」

田沼意明が土方雄乃進を追及した。

「わたくしが浪人になってから一月にもならぬほどしか経っておりませぬ」

「直近ではないか」

土方雄乃進の言葉に田沼意明が驚いた。

「なにをしでかしたのだ」

左近琢馬が詰問した。

「しでかしてなどおりませぬ」

糾弾された土方雄乃進が言い返した。

「なにがあった。申せ」

田沼意明が土方雄乃進に命じた。

「先日公方さまの新たな小姓番頭の選定がございました」

「存じておる」

いかに登城を遠慮しているとはいえ、一時は江戸城を支配した田沼家である。城中のことは手に取るように知れる。

「どうしても小姓番頭になりたいと考えた旧主は、拙者に他の候補の旗本を脱落させよと……」

悔しそうな顔で土方雄乃進が経緯を報告した。

「……哀れな」

「主たる者ではないの」

左近琢馬と田沼意明が土方雄乃進の境遇に同情した。

「長屋のものも蓄えていた金も持ち出せず、食うに困って」

「わかった。もうよい」

田沼意明が土方雄乃進を制した。

「余はきっと働きには報いる。ただ、知ってのとおり田沼は今咎めを受けておる。そこに陰のある者を抱えることはできぬ」

「承知いたしておりまする」

人斬りに堕ちたのだ。もう、まともな武士に戻ることはできない。

土方雄乃進が首肯した。

「ただし、金には苦労させぬ。琢馬」

「はっ」

左近琢馬が一礼して、懐から切り餅一つ、二十五両を取り出した。

「これは当座の金じゃ。好きに遣え。足りなくなったならば、琢馬に申せ」

「二十五両……」

大金に土方雄乃進が驚いた。

「幸い、当家には隠し金がかなりある。遠慮はするな。その代わり、しっかりと働いてもらうぞ」

「はっ。ご満足いただけるように精進いたしまする」

土方雄乃進が平伏した。

「鈴川、そなたにも後で同額渡す。土方を援護せい」

「わかりましてございまする」

鈴川武次郎も手を突いた。

「江戸市中を震撼させてくれるわ」

田沼意明が二人を見下ろしながら、満足そうにうなずいた。

二

武蔵国岡部に着いた大伍は宿屋を探すのに苦労した。

「ここまで小さいのか」

もともと安部家は二万石と小さな藩であった。

「飛び地が多いとはあったが……」

大伍が見てきたのは武鑑である。そこには安部家の領地がざっくりとではあったが記載されていた。安部家岡部藩は摂津、三河にも領地を持っている。

「旅籠が二軒しかないとは……」

江戸とは比べものにならないとは思っていたが、ここまでとは思っていなかった。

「ここでいいか」

選択肢はほとんどない。大伍は二軒並んでいる旅籠の一つに入った。

「お早いお着きで」

すぐに宿屋の男衆が気づいた。

「二日ほど世話になりたいが、一日いくらであるか」

値段を大伍はまず問うた。

「晩と朝の食事を含めまして、一夜二百文いただいております」

「二百文だな。では、世話になろう」

想定していたより少し安いことに、大伍は安堵した。

「お旗本さまで武術ご修行の旅の途中でございまするか。それは」

宿帳に記載した大伍の内容に、旅籠の主が感嘆した。

「武州は剣聖上泉伊勢守《かみいずみいせのかみ》どのが足跡の濃いところであるゆえな。ゆっくりと回ろうと考えておる」

「伊勢守さまのお話でございましたら、いくつかございまする」

上泉伊勢守は新陰流の創始者で戦国武将としても名のある人物である。とくに将軍家剣術指南役の柳生家に剣術を伝授した師として知られ、幕臣で慕う者は多かった。

「また教えてくれ。夕餉までには少し間があるな。宿場を見て回ってこよう」

根掘り葉掘りの話に発展するのを避けるために、大伍は宿の主との会話を終わらせようとした。

「狭い宿場ではございますが……」

「たしかに二万石とは思えぬの」

少し申しわけなさそうな顔をした主に大伍が応じた。

「はい。じつはこの岡部は安部摂津守さまの陣屋を戴《いただ》いてはおりまするが、知行高は五千石しかございませず」

「なんと。では、残り一万五千石は」

主の言葉に大伍は驚いてみせた。

「はい。摂津に七千石、三河に八千石と飛び地のほうが多く」

「参勤交代だの」

本国というか本貫地である三河、名誉の地摂津でもない理由を大伍はすぐに理解した。

大名の義務である参勤交代は江戸に近いほど負担が少なくてすむ。武蔵岡部なら、二日あればすむが、摂津だと十日、三河でも六日は覚悟しなければならない。当然、その費用は倍以上かかることになった。

譜代、外様にかかわらず、参勤交代は大名にとって最大の負担であった。

「ご賢察のとおりでございまして」

「それで安部さまは、岡部に陣屋を置かれたのだな」

大伍が納得した。

「では、ちと出てくる。部屋にはさしたるものを残さぬが、気にかけてくれるように」

「承知いたしましてございまする」

木賃宿よりは安全には違いないが、旅籠にも枕探しや護摩《ごま》の灰といった盗賊まがいの者は出る。同じ旅客を装って泊まりこんで夜中とか、留守を見計らって部屋へ入りこむことはままあった。

「……さてと」

岡部の陣屋町の中心とも言うべき街道筋を大伍は、入ってきたときとは反対の西へと向かった。

大名には譜代、外様というくくり以外にも区別があった。それは格である。もっとも格上なのは、徳川家の一門の御三家になる。御三卿はより将軍に近い血筋として、その候補者を出すが、大名としての領地は持っていないため、この格には含まれない。

御三家の次となるのは、一国以上を領する加賀前田家や薩摩島津家などの国持ち大名、続いて城持ち大名、そして陣屋大名となる。

この格付けにはすさまじい差別が潜んでいた。

徳川家康は天下を取って、幕府を開き大名たちを支配する立場になった。そこで徳川幕府は、一国一城令を発した。一部の特例はあるが、一つの国に城は一つしか認めないと宣言したのである。

天下人の命とあれば、従わなければならない。大名たちは残留を許された城以外を破却した。結果、城持ちではない大名が生まれた。

城のない大名、戦国の世ならばありえなかった。

一万石ていどの大名でも城は持っている。つまり、城持ちこそ大名であり、持たない者は大名ではない。守りらしい守りもない陣屋では戦《いくさ》ができなかった。

そう、徳川幕府は、陣屋大名をいつでも潰せると言いたかったのだ。

陣屋大名とは、幕府にとってそのていどのものであった。

「あれか」

街道から少し入ったところにある岡部陣屋を大伍は見つけた。

岡部藩安部家の陣屋は、形ばかりの土塁と空堀《からぼり》を備えた小さなものであった。

「二階建ての大門が、目立つな」

近づいた大伍が大門の立派さに驚いた。

「二万石の誇りか」

大伍が呟《つぶや》いた。

岡部は中山道《なかせんどう》の宿場の一つである。江戸から近く、宿泊するほどの距離ではないことからさほど繁華ではないが、参勤交代で中山道、北国街道《ほっこくかいどう》を利用する大名の往還路として使われていた。

当然、岡部を通る大名たちは、関係の深さ、格式などに合わせて、藩主、用人、供頭、使者番を挨拶のために陣屋へ向かわせる。

岡部の石高は五千石、それに合わせればみすぼらしいと侮られる。ここは五千石しかなくとも、安部家の表高は二万石なのだ。陣屋もふさわしい規模のものにしなければならなかった。

かといって岡部の宿場町自体が小さいため、さほど敷地を大きく取ることもできないし、摂津や三河の飛び地の治政に家臣の多くを割《さ》いている現状、この陣屋に在する者の数は三分の一ほどでたりている。やたらと陣屋を大きくしても、それを維持するだけの人員がいないのだ。そこで訪れた者が最初に目にする陣屋門を立派なものとして、面目を保とうとしていた。

「門をこえるのは無理だが、周囲はたいして堅固ではないな」

陣屋の壁は家臣の長屋の壁でもある。よほどの大藩でもなければ、家臣の長屋は平屋建てであり、二階建てはまずなかった。

「乗りこえるのは容易」

すばやく大伍は侵入経路を見て取った。

「屋敷もさほど広くはなさそうだ」

藩庁も兼ねる陣屋の門は、陳情や訴えのある領民を受け入れるために、日中は開かれている。そこから正面に敷地に合った御殿というか、屋敷が見えた。

「…………」

ちらと屋敷へ目をやった大伍は、門番の気を引かないうちにと踵《きびす》を返した。

「どれ、もう一度宿で話を訊くとするか」

小さな宿場町では見るべきものもない。いくつか寺院の屋根などはあるが、宗旨も違うならば訪れる意味もないし、住職と下手に出会って顔を覚えられても困る。

小半刻も経たずに、大伍は旅籠へと戻った。

「お帰りなさいませ」

番頭が大伍に腰をかがめた。

「戻った」

苦笑交じりに見えるように、大伍がわざと唇の端をゆがめた。

「たいしたところではございませんでしたか」

番頭が大伍の意図通りの反応をした。

「いや、摂津守どのに申しわけないが……」

最後まで大伍は言わなかった。御家人とはいえ、幕府直参の大伍と譜代大名の安部摂津守は同格である。敬称を付けないのはさすがに無礼になるが、さまと呼ばなくとも問題はなかった。

「江戸からお見えならば、無理はございません」

番頭が当然だと首を上下に振った。

「お部屋にお茶をお持ちしましょう」

「頼む」

番頭の言葉に大伍は右手を小さくあげた。

大伍の客室は、旅籠の二階で街道に面した最上のものである。

その窓にもたれるようにして大伍はくつろいだ。

「お待たせをいたしました」

すぐに番頭が茶を持って現れた。

「どうぞ、宿場のものでございますが、よろしければこれも」

番頭が小皿に乗った餅のようなものを勧めた。

「かたじけない。遠慮なくいただこう。少し、小腹が空いた」

大伍は小皿を手元に引き寄せて、手づかみで餅を口に運んだ。

「これは、なかなかに香ばしい」

「餅に溜まりを付けて少しあぶっております」

「いや、これはいいな」

残りを大伍は口に入れた。

「……馳走《ちそう》であった」

茶を喫しながら、大伍が頭を下げずに礼を述べた。

「お粗末さまでございました」

番頭が一礼で応じた。

「いかがでございました、宿場は」

「落ち着いているように見受けたの」

水を向けてくれた番頭に、大伍は乗った。

「摂津守どののご治政が行き届いているのだろうな」

「お殿さまはわたくしどもにもご慈悲をくださっておりまする」

大伍の感想に番頭が首肯した。

「代々、この地は安部さまのものであったか」

「はい。聞いた話ではございますが、元禄の終わりにこの地へ陣屋をお建てになり、ここを領都とお定めになられたとか」

「元禄……それは古いの。八十年以上前だな」

番頭の話に大伍は驚いて見せた。

「あの赤穂浪士のときだそうで」

「討ち入りのか」

思わず大伍が身を乗り出した。

赤穂浪士といえば、主君浅野内匠頭長矩《あさのたくみのかみながのり》の仇《かたき》であった吉良上野介義央を赤穂浅野家の遺臣たちが討ち果たしたことで有名であった。

「なんでも安部家の四代前のお殿さまが、浅野内匠頭さまの従兄弟《いとこ》にあたられるとかで、一時謹みを命じられたのが許され、その後岡部に陣屋を設けられた」

「浅野家とかかわりがあったのか」

大伍が驚いた。

「それまではどこに陣屋をおいておられたのだ」

「摂津にお出でだったようで」

「そういえば、安部さまは大坂定番を承ることが多かったな」

「よくご存じで。先代のご当主さまも十七年前に大坂定番をお務めになっておられました」

「代替わりなされたばかりであったの」

「さようで。先代さまがお身体を悪くなされてご隠居、御当代さまに家督を譲られたのが、六、七年前だったと」

「なるほどの。御当代の摂津守どのは、まだお役には就いておられぬと記憶しておるが……」

「はい」

「摂津守どのはどのようなお方かの」

「馬術をお好みになられまするが、ご学問にも精通なされておられるお方で」

「文武両道か。いや、岡部は安泰じゃの」

大伍が称賛した。

「どれ、風呂に入ってこようか。長く引き留めて悪かったの」

「いえ。では、お風呂からあがられたころあいを見計らって夕餉の膳をお持ちいたしましょう。お酒はいかがなさいまするか」

「酒は不要」

手ぬぐいに手を伸ばした大伍が番頭の問いに答えた。

旅籠の風呂は、一人か二人はいるだけで一杯になる。これは大きな風呂だと沸かすための薪代が高くなるからであった。もちろん、武士が入浴しているときに他の客が入ることはできない。風呂の前で宿の男衆が見張りとしてついている。

「なかなかいろいろな話が聞けたわ」

湯船に浸《つ》かりながら、大伍が独りごちた。

「あとは実際に摂津守どのを見るだけだな」

百聞は一見にしかずというが、それはまさに真実であった。どれほど話を聞いたところで、実物に比することはない。いい例が仲人である。

「きれいでおとなしく、家事全般もできて……なかなかあれだけの娘さんは」

「まじめで働き者で、さらに男前」

仲人が話を持ちかけるとき、かならず相手を褒める。

ならばと会ってみれば、話と違うことなどいくつでも出てくる。今回の番頭との話でもそうだ。番頭は領民、よそ者に本音を口にするはずはなかった。

「食事の後、すぐに出るか」

大伍が湯船の水を両手ですくって、顔にかけた。


旅籠の飯は二の膳付きであった。

「うまいの」

「ありがとう存じまする」

感想を漏らした大伍に、食事の世話役としてきた男衆が喜んだ。

「……いや満足した」

飯を三回お代わりした大伍が、腹をなぜた。

「この後はいかがなさいますか」

「いかがとはなんだ」

男衆の話に大伍が怪訝な顔をした。

「お遊びにいかれましょうか」

「あるのか、遊郭が」

大伍が興味を見せた。

「遊郭というほどではございませんが……」

それほどのものではないと男衆が首を横に振った。

「昼間、宿場を見て回ったときには気がつかなかったわ」

遊郭というのは隠密にとって便利なものである。そこに行くと言えば、一夜帰ってこずとも不審がられずにすむ。また、相手をする遊女も一夜限りの相手の旅人に情を移すことなどはなく、それこそ股を開いて天井のしみを数えているだけで、顔立ちなど覚えてはいない。

現地での遊郭は便利に使える隠れ蓑のようなものであった。

「客引きも出ていなかったぞ」

どこの宿場でも、そういったところは客引きをおこなっている。だが、ここではまったく見かけなかった。

「お陣屋が近いので、あまり派手には」

男衆が事情を口にした。

「なるほどの」

江戸でも江戸城に近かった吉原を幕府は郊外へと移している。風紀を乱すものを権力者は近くに置きたいとは考えていない。

大伍は納得した。

「どこへいけばいい」

「わたくしがご案内をいたしまする」

問うた大伍に男衆が仲立ちをすると言った。

「ふむ」

小銭稼ぎだなと大伍は見抜いた。

案内することで客から心付けを、見世から紹介料をもらうのが男衆の目的であった。

「今日は、疲れたゆえ明日頼むとしよう」

「……明日でございますね」

少し残念そうに男衆が念を押した。

「悪いが、床をとってくれ」

「へい」

もう寝ると言った大伍に、男衆が膳を下げるために出ていった。

「付いてこられるのはまずいな。見世に入らなければならなくなる」

一人になった大伍が首を左右に振った。

遊びに行くと言って、そのまま陣屋へ忍びこむのが目的なのだ。それを付いてこられたのでは、少なくとも一度は見世に揚がらなければならなくなる。となれば、妓を買わなければならなくなるし、買えばやることをやらなければおかしく思われる。

「金とときの無駄遣い」

大伍にしてみれば、男衆の申し出は邪魔でしかなかった。

「この宿は明日までだな」

しつこく明日の夜も遊びを勧めてくるのはわかっていた。なにせ、男衆にしてみれば、いい小遣い稼ぎになる。

「お夜具を用意させていただきまする」

男衆が声をかけてきた。

「頼む」

大伍は入室を許可した。

三

江戸のように辻灯籠があるわけでもない宿場町は、日が暮れると一気に人通りがなくなる。

そもそも夜盗や狼などの危険がある夜旅をかける者はまずいない。そして提灯や灯明などの明かりは、蠟燭代や油代がかかる。遊郭でもないかぎり、日が暮れるとまず出歩く者はいなくなった。

「…………」

旅籠も客が来ないとわかっている。日が暮れて少し経つと表戸を下ろし、奉公人たちも夕食をすませたらさっさと眠りに就く。

大伍は夜具に横たわりながら、旅籠の気配を感じていた。

「寝ずの係は一人、一階の帳場だな」

どこの旅籠でも、夜中に客がなにかを求めたときのためと、火事の警戒のために寝ずの番を置いている。といったところで、呼ばないかぎりは客のところまでやってくることはなかった。

「よかろう」

気配が寝ずの番だけになったのを確信した大伍は、そっと夜具を抜け出た。

すでに夜具に入る前に、装束を裏返している。

振り分け荷物の横に置いている竹の水筒を摑むと、その栓を開け、なかの水を雨戸の敷居に垂らした。

「……………」

濡れた雨戸と敷居は音を立てることなく、ずれていく。

十分に開いたところで、大伍は庇《ひさし》の上へ出た。

旅籠の一階は、民家と比べて高さがある。馬を連れた客や大きな荷を背負った客に対応するため、一間半（約二・七メートル）ほどあった。

もちろん、これくらい飛びおりるのは簡単だが、万一がある。

「怪我をせず無事に帰る隠密がよい隠密である」

口のなかで呟きながら、大伍は旅籠に備え付けられている用心桶に足をかけて降りた。

「…………」

すばやく建物の陰に隠れた大伍は、周囲へ気を配った。

「よし」

何の気配も感じないことを確認して、大伍は陣屋へと向かって走った。

陣屋も明かりをつけてはいなかった。

いうまでもなく、表門はしっかりと閉じられているが、人気《ひとけ》はまったくなかった。門番とて一日中警戒をしてはいない。表門の脇にある門番小屋にはいるだろうが、明かりに使う油などを支給されるわけでもないので、暗くなれば庶民同様寝てしまう。

ちらと門番小屋へと目をやった大伍は、その前を横切って陣屋の脇へと回った。

「ないも同然」

そもそも元禄という泰平のさなか、しかも赤穂藩浅野家に巻きこまれた形ではあったが、幕府から咎めを受けた直後に建てた陣屋である。

高い塀、深い堀など設ければ、

「安部家は御上の咎めに不服らしい。謀反を企《くわだ》てておるのではないか」

要らぬ勘ぐりを受けかねない。

せいぜい百姓一揆などのときに、足止めできればいいというていどのあまい造りでは、忍びこもうという意思を持った者には勝てなかった。

あっさりと土塁と空堀をこえた大伍は、陣屋の塀も乗りこえた。

「……寝ているか」

塀にくっつくようにして建っている長屋の住人が寝ていることを大伍は確かめた。

「庭にも明かりはなし」

大伍は一気に庭を駆け抜けて、陣屋屋敷の床下へと身を滑りこませた。

庭は客間あるいは主君の庭から見えるように造られる。大伍はあらかじめ目算をつけていた。

「このあたりだと」

武家屋敷の構造は基本同じであった。建物の玄関側である表に政をおこなったり客と対面したりする場所があり、奥に当主の居室、家族の生活の場がある。

「…………」

大伍は息を殺して、耳を澄ませた。

すでに刻限は、五つ（午後八時ごろ）を過ぎている。安部摂津守が寝ている可能性もあった。

「話し声……」

耳に神経を集中した大伍にかすかながら話し声が聞こえた。

「……やはり厳しいか」

「はい」

中年と老年が嘆息していた。

「内膳《ないぜん》、今年の収穫はどうじゃ」

「例年通りかと」

二人の話は続いた。

「安部摂津守どのは今年で三十歳のはず。となると訊いたのが安部摂津守どので、応えたのが家老か勘定奉行あたりか」

金の話をしているのはわかっている。大伍は内膳と呼ばれた老年のほうが、藩の重臣であると判断した。

「摂津と三河のほうは」

安部摂津守が飛び地の状況を問うた。

「どちらともやや良好と」

「それは重畳《ちょうじょう》」

収入に直結するだけに、安部摂津守が安堵を見せた。

「それでも足りぬか」

「足りませぬ」

ふたたび二人揃って嘆息した。

「殿……」

「わかっているが、できぬぞ」

進言しかけた内膳を安部摂津守が制した。

「岡部の年貢を三河、摂津と同じくせよと申すのだろう」

「さようでございまする」

安部摂津守の推測を内膳が認めた。

「逃散が起こりかねぬ」

「たかが一分でございますぞ」

最悪ではないがよくないことになると言った安部摂津守に内膳が言い返した。

「武蔵国は、北条《ほうじょう》以来年貢は四公六民で続いてきた。それを五公五民にすると言いつけて、すんなりと従うと思うか。岡部の周囲は大名も旗本も四公六民なのだ」

安部摂津守が首を横に振った。

戦国最大の仁政とうたわれたのが関東の雄北条氏であった。北条氏は初代早雲《そううん》盛時から滅びるまでの四代、年貢は四公六民を実行してきた。

五公五民ならばまし、六公四民が当たり前、悪ければ八公二民まであったとされる戦国に四公六民はまさに慈悲であった。

「北条さまでなければ」

事実、豊臣秀吉による北条征伐のおり、砦や出城の建設などの賦役を百姓たちは進んでおこなった。北条氏が負ければ、年貢があがるとわかっていたからであった。

だが、天下人との戦いは、いかに関東の雄と恐れられた北条氏でも敵わず、その領地は豊臣秀吉のものとなった。

「ちょうどよいわ」

いきなり検地をおこない年貢をあげたら、一揆が続発する。奥州征伐に出ようかと言うときに、後備となる関東が不穏では勝利はもちろん戦うことも難しい。

下手をすれば伊達家を中心とする奥州連合軍と関東の国人領主、百姓一揆軍に挟み撃ちにされ、大敗を喫することもある。

そうなれば豊臣秀吉の武に従っている九州、四国、紀州、越後あたりが、その支配から脱しようと叛乱を起こしかねない。

「徳川内府どの、関東をお任せする」

豊臣秀吉は潜在的な最大の脅威、徳川家康に関東を押しつけた。

「……かたじけなく」

駿河、遠江、三河百万石から、関八州二百万石への出世になる。その裏をわかっていても断ることはできなかった。拒めば、奥州攻めにと集められた軍勢が、徳川家康へと矛先を変えることになる。

「年貢は従来のままとする」

徳川家康は、一揆を起こさせないために旧北条領の年貢を四公六民とせざるを得なかった。

その四公六民が今に続いている。

徳川が天下を取ったことで、関八州以外にも支配地は増えた。豊臣に取りあげられた駿河、遠江、三河はもとより、京を守る周囲の山城、摂津、近江などのほとんどが徳川のものとなった。

当然、この辺りは気を遣わなくてもすむ。なにせ、徳川家が領していたときから五公五民から六公四民だったのだ。

さすがに戦もないのに六公四民は百姓の不満が溜まる。徳川家はこのあたりの年貢を五公五民を限度とすると公布してはいなかったが、暗黙に定めていた。

ようは、五公五民なら文句は言わないと宣したに近い。

その地に領地を持つ者は遠慮なく五公五民とした。もちろん、徳川本家が本拠地としている関東の年貢が四公六民であることに遠慮して、五公五民ではなく低く設定する者もいる。とくに旗本は主家徳川本家に従わなければならないため、四公六民で辛抱していた。

しかし、譜代とはいえ大名となると、独自の藩として内政は好きにできる。安部家もそちらであった。

「五千石の一分でございますから、五公五民としたところで……」

内膳が計算を始めた。

「現状二千石が二千五百石になり、精米での目減りを入れると……四百五十石の増収。金になおして四百五十両」

「大きいの」

計算し終わった内膳に安部摂津守が言った。

「たしかに」

内膳も思わず納得した。

「問題は、領民どもが受け入れるかどうか」

最大の懸念を内膳が口にした。

「説得できようか」

「難しいとは存じますが」

安部摂津守の懸念に内膳が小さく首を左右に振った。

「他に金策の宛てでもあるのか」

「…………」

訊かれた内膳が黙った。

「岡部は中山道の宿場ではあるが、江戸までの距離が難しい。これ以上宿場町として発展できるとは思えぬ。運上での望みは薄い」

「摂津に運上を課しては」

「できるわけなかろう。そうでなくとも同じ安部家の領地ながら、年貢が違うことを不満と思っているのだぞ。何度摂津、三河の代官から領民の陳情が激しくという泣くような報告を受けたか、知らぬとは言わさぬぞ」

岡部だけが四公六民で摂津と三河が五公五民、不公平だと思って当然であった。

「そこにあらたな運上をかけてみよ。江戸で駕籠訴をされても文句は言えぬ」

「軽率でございました」

安部摂津守から叱られた内膳が謝罪した。

「殿、やはり倹約しかございませぬ」

内膳が結論を発言した。

「倹約、質素にも限度があるぞ。人は裸では生きていけず、水で満腹にはならぬ。これ以上、どこを削るとそなたは言うのか」

「江戸屋敷の費《つい》えを今少し」

どこの大名も江戸屋敷の費用が大きい。大名のなかには支出の七割を江戸屋敷が消費しているという話もあった。

「国元の者はすぐに江戸は無駄遣いが多いと苦言を呈するが、無理だ。江戸は幕府や他の大名、旗本とのつきあいがある。格式にふさわしいだけのことはせねばならぬ」

安部摂津守が内膳の意見を一蹴した。

「人減らしは」

「それもならぬ。人を減らすのは容易だが、譜代の者を一人切れば、残った三人に不信感が芽生える。また人手が欲しいときに、人減らしをするようなところによい人材は来ぬ」

これも駄目だと安部摂津守が却下した。

「では、どうなさいまするか」

「削るよりも入るを計りたいのだが……」

詰め寄る内膳に、安部摂津守が苦悩した。

「…………」

そこまでで大伍は床下を離れた。

「なかなかまともな考えをしている」

大伍は安易な倹約に頼ろうとしない安部摂津守に良点を付けた。

四

「急用を思いだした」

ばれないように旅籠へ戻った大伍は、翌朝の朝食をすますなり、旅立ちを告げた。

「ご案内は」

「不要になった。またのときにな」

小遣い銭を稼ごうとした男衆が情けない声を出したのに、大伍は小さく手をあげるだけで別れを告げた。

「用はすんだ」

一日早く終わったからといって、大伍は近隣の大名領へ手を伸ばすようなまねをしなかった。

「報告をあげて、次のための金をもらわねば」

金がなければ、隠密もやっていけない。

大伍は身銭を切る気などまったく持っていなかった。

「ご奉公である」

金を要求した大伍を小笠原若狭守がもし押さえようとしたら、

「なれば御側御用取次さまがご合力をくださいませ」

そっちに手を出して強請《ゆす》ろうと考えている。

「急ぐか」

大伍は足に力を入れた。


急いだところで、武蔵岡部から江戸までの距離が変わるわけではない。結局、大伍が江戸へ戻ったのは二日目の昼前であった。

「帰ったぞ」

表門から屋敷の入り口まで打ち水をされた吾が屋敷に大伍は心弾むものを覚えてい

た。

「お帰りなさいませ」

小走りで佐久良が迎えに出てきた。

「疲れたわ。すまぬが、濯《すす》ぎをくれ」

関八州は土の質なのか、埃《ほこり》が多い。普通に江戸市中を歩いていても、白足袋が一日で薄茶色になる。ましてや旅をしてきたとなると、足袋だけでなく足も砂まみれになった。

「ただちに」

佐久良が桶を取りに急いだ。

「三日ほど会わなかっただけなのだが……」

大伍は佐久良がいてくれることに安堵を覚えていた。

一度屋敷に落ち着いた大伍は、のんびりと休息を取った。

「疲れていては碌なことにならぬ」

なにせ大伍が報告に向かうのは、江戸城のお休息の間のさらに奥、将軍とその側近しか足を踏み入れない御用の間なのだ。

当然、警固は厳重である。それも伊賀者、お庭番と忍たちが陰から守っている場所へ、見つからないように忍びこまなければならない。見つかれば、殺し合いになるのは経験していた。

疲労から来る集中力の欠如は、命にかかわる。

大伍は旅装を解くなり、横になった。

「お白湯をお持ちしました、大伍さま……あら」

己の腕を枕にして、大伍は寝ていた。

その様子に佐久良がほほえんだ。

「気を張らずともよいと思ってくださっている」

佐久良は寝ている大伍の隣に腰を下ろした。

「愛しいお方」

そっと佐久良が大伍の頬に触れた。

夕餉も摂らずに眠りこけた大伍は、翌早朝、まだ陽が昇る前に目覚めた。

「よく寝た」

起きあがった大伍は、外から入るか細い灯りのなかに小さな皿が置かれていることに気づいた。

「握り飯……佐久良か」

大伍は佐久良が側にいないこと、いや、屋敷にもいないことを理解した。

「そうか。吾が戻ってきたから留守番は不要」

佐久良が実家へ帰ったと大伍は理解した。

「男と一夜を過ごすわけにはいかぬな」

たとえ許嫁の関係でも、正式な婚儀をすますまでに男女の仲になるのはまずかった。

「……男と女かあ」

大伍が握り飯にかぶりついた。

「……頑張るさ」

明るくなる前に大伍は、屋敷を出て江戸城へと向かった。明け六つの開門を待って、大伍は城内へ入った。

いつものように他人目《ひとめ》を避けて、山里曲輪近くの東屋から抜け道へ身を滑りこませた大伍は、御用の間へと足を運ばせた。

午前中は政務をこなさなければならないため、将軍も御用の間へ出向くことはできなかった。

いつもなら家斉の日課が終わる昼から訪れる大伍だったが、今回はわざと朝早くを選択した。

「ご判断いただこう」

大伍は天井裏から御用の間に忍びこむと、帰途の宿で書き記していた安部摂津守の人物評価の書付を文机の上に置いた。

「ご披見賜りますよう。お召しいただけば参上いたしまする」

いくら将軍と側近しか来ないとはいえ、絶対とは言えなかった。かつて小姓番頭だった能見石見守が松平定信に命じられて、御用の間を家捜ししようとしたことがあった。

もし、署名を入れておいて、誰かに見られたら大伍は終わる。しくじった隠密をかばうような施政者はいない。

「これでいいかどうかも見ていただかねばならぬ」

岡部陣屋の床下で盗み聞きした話も、旅籠の主や番頭から聞いた話も、漏らさずに記しておいた。

「これから先、まだまだ調べる相手は多い。報告の雛形を決めていただかねば、手間になる」

毎回違った形で報告されては、家斉も基準がわからず困る。

「毎回、毎回、違った文書を……よくわからぬから、まちがえたではないか」

上役はかならず自らの失敗の原因を配下に求める。

大伍は下僚らしく、進言ではなく下達を受けるほうが保身に繋がると判断した。

さらに期間を定めず、家斉の決断が出るまで大伍は近づかないことにした。

「そちの意見は」

顔を出して求められでもしたら、なにかしらを応えなければならなくなってしまう。

「このような形ではいかがでございましょう」

意見を口にすれば、それへの責任が生まれる。

「五十俵にそこまで要求されてもな」

用をすませた大伍は、御用の間を去った。

田沼意明の策は急速に浸透するものではなかったが、それでもじんわりと拡がりつつあった。

とくに小間物や呉服を扱う商店の不満は大きくなっていった。

「金を遣うな。質素にせよ」

松平定信であろうが、徳川吉宗であろうが、倹約を一言で表せばこうなる。

「絹物は贅沢である。木綿、麻でも身を覆うには十分」

「鼈甲《べっこう》や金銀を使わずとも、櫛《くし》や笄《こうがい》は木製でよかろう」

「料理屋で外食をする費用で米や菜を購えば、数日分の材料が手に入る」

「遊所に行くならば、武芸の鍛錬をいたせ。疲れれば、遊びに出る気もなくなろう」

それこそ口から下まで注文を付けてくる。

当然、それらの品物を取り扱っていた店は影響を受ける。

「絹ものを店先から片付けよ」

「金銀細工の品を扱うな」

幕府から町奉行所を通じて命令がくる。いうまでもないが、そういった贅沢品こそ儲けが大きい。それを制限されては店が困ってしまう。また、すでに納品されている絹物の衣服や、金銀の簪《かんざし》なども売れなくなった。

店だけではない。絹の原材料である蚕《かいこ》を育てている養蚕家、細工物を作る職人も仕事を失うことになるのだ。

「…………」

幕府が怖いから、表だって文句は言えないが、不満は溜まる。

「八代さまのご改革はまだ自らも率先されたが、今の公方さまは絹を纏《まと》い、美食を口にし、美姫を毎夜のように腕《かいな》に抱かれているらしい」

他人に押しつけておきながら、上は好き放題している。

田沼意明の指示を受けた商人たちが、集まりなどで囁いた。

「我らを圧迫しておきながら……」

「民は辛抱しろと」

同じ釜の飯を食うではないが、一並びで苦労すると思えばこそ倹約は受け入れられる。その前提が崩れたとあれば、不満は生まれる。

「ならば、こちらも」

民も押さえつけられるだけではなかった。

「こうすれば見えまい」

木綿の小袖の裏地に絹や羽二重を仕込み、質素なたばこ入れのなかの煙管《キセル》を金無垢で誂《あつら》えるなどを民はし出す。

「あんまり派手にはするなよ」

取り締まる側の町奉行所の役人、御用聞きも見て見ぬ振りをした。

もともと町奉行所は民と深くかかわり、心情的にはそちら側に近い。同心のなかには町家の女を妻に娶っている者もいる。また、御用聞きは民が非公式に町奉行所の役人の手下となっているだけである。

さすがに堂々と絹物を見せびらかされては注意をしなければならないが、一々裏地までは検めない。

「絹物を纏っているんじゃねえか」

なかにはたちの悪い御用聞きもいて、若い娘の着物を捲《めく》りあげたりすることもあるが、そういった手合いはすぐに排除される。

「娘になにをしてくれた」

そもそも裏地とはいえ絹が使えるとなれば、相当裕福な家の娘とわかる。その親が娘に恥を掻かせた御用聞きを見逃すはずはなかった。

「今後は出入りしてもらわなくていいよ」

裕福な商家や職人は、なにかのときに気を配ってもらおうと御用聞きたちに金を渡している。十手を預けてくれている町奉行所の与力、同心から月に二分ほどしか手当をもらっていない御用聞きが、幾人もの手下を抱えて縄張りを支配できるのはこの金のおかげである。

それを止められては御用聞きはやっていけない。

「一軒くらい」

「ふざけやがって、このままですむと思うなよ」

縁を切られたところで影響はないとか、報いを受けさせてくれると嘯《うそぶ》いたところで、実際は大きな痛手であった。

「何々屋さんが出入り禁止にされたそうだ」

「とうとう堪忍袋の緒が切れましたか。わたくしも以前から気に入らなかったのでございますよ」

事の次第を知った近隣の商人たちも同調する。見過ごせば、馬鹿をした御用聞きはたいした影響はないと増長するからであった。

「すいやせんでした」

金がない御用聞きなぞ、田畑のかかしより役に立たない。

「手当がない……」

「冗談じゃねえ」

まず手下たちが離れていく。手下たちは御用聞きからもらう金で生活をしている。なかには十手持ちという権威が欲しくて、仕事をしながら片手間にという者もいるが少数でしかない。

「代わって、おいらが」

下手をすると手下が、親分へ下剋上を仕掛けることもある。

どちらにせよ、広い町内の治安を維持するには人手がないと不可能なのだ。手下を失った御用聞きは折れるしかなかった。

結局、松平定信の倹約令は表面だけ浸透したように見えるうつろなものになった。

もともと不満への下地はあった。田沼意明の策はゆっくりとではあったが、波に乗った。

「不安を助長しろ」

田沼意明は、土方雄乃進たちに指示を出した。

「任せていただこう」

金を、生活の糧をくれる者こそ主である。

土方雄乃進は、言うがままに夜盗、辻斬りを始めた。

「捕まえろ」

町奉行所はもちろん、火付盗賊改方もやっきになって土方雄乃進を捕縛しようとしたが、江戸の辻を知り尽くしている鈴川武次郎ら黒鍬者が逃亡を手助けする。

「黒鍬者か」

城下の辻を管理清掃するのが役目の黒鍬者はどこにいてもおかしくはない。

「怪しげな者を見なかったか」

「あちらに」

「いいえ、誰も参っておりませんが」

黒鍬者は最下級とはいえ、幕臣である。その答えを疑う者はいない。町方たちは翻弄された。

「助かった」

こうして土方雄乃進は捕まるどころか面相を知られることもなく辻斬りや強盗を続けた。

「なにをしておる」

老中は天下の政を考えているだけではなく、将軍家の足下、江戸の城下も把握していなければならない。

「町奉行の失態でございましょう」

今の町奉行を蹴り落として、その地位に就きたい者が讒言《ざんげん》を老中たちへ聞かせるというのもあった。

「我らの目が曇っていなかったと証明いたせ」

南北の町奉行を呼び出した松平定信が釘を刺した。

「はっ」

町奉行は旗本の顕官、出世街道の頂点に近い。あとは留守居になるか大目付になるか、あるいは隠居するかしかないのだ。大目付にしても留守居にしても乱世から幕府創世のころは下手な大名よりも大きな権限を持っていたが、今は飾りに近い。だが、その格式は大名並み、留守居になれば十万石扱いを受ける。うまくいけば、加増を受けて本物の大名になることもできる。そうでなくとも父親が官を極めれば、息子の出世も約束される。この泰平の世にそれだけの立身が望める地位にあるのが町奉行であった。

とはいえ、老中首座に睨まれては、出世の階段は一気に更迭《こうてつ》の滑り台になる。

両町奉行は必死になった。

しかし、それをあざ笑うように土方雄乃進は暴れ回った。

世間から隔絶されている将軍とはいえ、城下で騒動が起こっているという話は耳に入る。

「なにかないかの」

政務の間、将軍は囲碁や将棋、読書などで暇を潰す。武芸好きならば将軍家剣術指南役の柳生を呼び出して、稽古をする。

そして、小姓たちとの会話もその一つであった。

「最近、ご城下で……」

普通ならば、将軍権威の象徴ともいえる城下の問題は、小姓たちも口にしなかった。

だが、能見石見守が厳しい処罰を受けたばかりなのだ。ここでご機嫌取りや、家斉をごまかすようなまねをして、怒りを買えば能見石見守の二の舞を演じることになりかねない。

「よくないの」

聞いた家斉が難しい顔をした。

「越中をこれへ」

家斉が松平定信を呼べと小姓に命じた。

「ただちに」

小姓が急ぎ足で御用部屋へと向かった。

「公方さまのお召しだと」

多忙な老中でも、将軍を待たせることは許されなかった。

「すぐに」

執務を放り出して、松平定信が家斉の前に伺候した。

「越中、なにやら城下が騒がしいようじゃの」

「お耳に届きましてございまするか。大事ございませぬ。公方さまのお気をわずらわせるほどのことではありませぬ」

誰が聞かせたと居並ぶ小姓たちを睨みつけながら、松平定信が首を横に振った。

「たかが鼠賊、夜盗の類《たぐ》い。すぐに捕らえまする」

「そうか。躬から町奉行に一言入れてもよいぞ。そのほうが、町奉行どもも奮闘するであろう」

将軍からの激励はされる者にとって、お声掛かりという名誉としくじったら破滅だという恐怖、まさに諸刃の剣であった。

「わたくしから申しておきまする」

松平定信が拒んだ。

もし、家斉の言葉を受けてから町奉行たちが下手人を捕縛したりすれば、松平定信が与えた叱責は無駄となる。それは松平定信の権威を揺るがす一因となりかねなかった。

「なれば任せたぞ」

家斉が松平定信に応じた。

「早速に……」

松平定信が家斉の前から下がった。

「若狭守、これへ。他は遠慮せい」

見送った家斉が小笠原若狭守を手招きし、さらに他人払《ひとばら》いをさせた。

「おもしろいことになりそうだの」

家斉が口の端をゆがめた。

「よろしいのでございますか」

城下の不穏は家斉の名前に傷をつけかねない。

小笠原若狭守が懸念を表した。

「ふむ……」

家斉が右手で扇子を持ち、左手の掌に打ち付けた。

「……松平定信に恥を搔かせるよい機会だとは思わぬか」

「ご賛同いたしかねまする。我らに捕縛はできませぬ」

手立てがないと小笠原若狭守が家斉を諫めた。

「いるではないか。あやつが」

「射貫でございまするか」

小笠原若狭守が家斉の言葉に、目を大きくした。

「あやつは小人目付であったのだろう。ならば、探索、捕縛もできるはずじゃ」

「それはそうでございまするが……」

いい考えだと笑顔を浮かべる家斉に、小笠原若狭守が戸惑った。

「あやつは使える。安部摂津守の調べも行き届いているとまではいかぬが、要点は摑んでいる」

「あまり小身者を頼られるのはいかがと」

家斉の称賛に小笠原若狭守が苦言を呈した。

最近、手綱をはずそうとしている大伍のことを小笠原若狭守は警戒していた。

「使えるならば、使う。使えぬならば捨てる。それだけのことだ」

笑顔を消した家斉が小笠原若狭守の顔を見た。

「……………」

その意味するところを感じた小笠原若狭守が黙った。

「よいな。若狭守」

「お心のままに」

将軍の決断に異を唱える者はいない。意を唱えるということは、その後のすべてに責任を負うと同義なのだ。

小笠原若狭守が頭を垂れた。

「射貫を呼び出せ。おもしろくなりそうじゃ」

家斉が楽しそうに笑った。


老中の下城時刻は早い。まだ日は中天に輝いている八つ（午後二時ごろ）過ぎには江戸城を出る。

「無駄な慣例じゃ。これもいずれは変えねばならぬ」

迎えの駕籠のなかで松平定信が苦い顔をした。

天下でもっとも多忙を極める老中が、どの役職よりも早く下城するのは、上司がいつまでも仕事をしていては、下僚が帰りにくいという理由からであった。

「天下は面倒ごとに満ちているというに」

松平定信が不満を口にした。

家斉に江戸城下の不穏を皮肉られた怒りを町奉行にぶつけた松平定信だったが、その結果は芳《かんば》しくない。

いまだに辻斬り、斬り盗り強盗は横行している。

「まねをする輩《やから》も出だした」

それどころか、町奉行所が有効な手立てを打てないと知った不逞《ふてい》浪人たちが、まねをし出した。

もっともその多くは、すぐに捕まっている。同じところで繰り返したり、手に入った金を一気に遣って目立ったりしているために、司直の手が届く。

しかし、始まりと考えられている者は捕まることなく、神出鬼没で暴れていた。

「更迭《こうてつ》するか」

激務ではあるが町奉行になりたいと願っている者は、小姓番頭を狙う者よりも多い。

「大手門を出ました。駆けまする」

思索に耽《ふけ》っていた松平定信に、供頭が告げた。

「うむ」

松平定信がうなずいた。

老中の駕籠は、小走りで駆けることを許されている。いや、義務づけられていた。一大事のときだけ急げば、見た者に異状があったと知られる。それを避けるため、老中の乗る駕籠は、普段から小走りと決まっていた。

これを刻み足と称し、たとえ御三家であろうとも道を譲るだけの権威を誇っている。

「刻み足に乗れるならば、領地を返納してもよい」

その勇姿に憧れた外様大名が、すべてと引き換えにしてもと願ったという噂もある。

「……来たっ」

屋敷も失い、金も尽きた能見石見守は薄汚れた姿で、松平定信の行列を待ち構えていた。

「この日を、この日をっ」

刀を抜き放ちながら能見石見守が繰り返した。

「越中ううう」

潜んでいた辻から、能見石見守が突撃した。

「狼藉者ぞ」

たちまち行列の家臣たちが緊張した。

「よくも三河以来の能見家を……」

「……小姓番頭だったあやつか。辛抱ができなかったとは愚か者め」

声を聞いた松平定信が事情を把握した。

「おのれのせいでえええ」

「周囲に聞こえるではないか」

大声で怒鳴る能見石見守に松平定信が眉をひそめた。

「討ち果たせ」

老中の駕籠に襲いかかったなど、幕府への反逆である。生きて捕縛しても、その後に残るのは切腹ではなく、斬首あるいは磔《はりつけ》獄門《ごくもん》。生きてはいられない。

「要らぬことを口走られては迷惑じゃ」

冷たく松平定信が告げた。

「うわああ……」

騒いでいた能見石見守の声が聞こえなくなった。

「殿」

田安家から付随してきた腹心でもある供頭が報告に来た。

「仕留めたか」

「はっ」

「それは重畳。後始末は目付に任せて……」

駕籠を出せと命じようとした松平定信が考えこんだ。

「……殿」

怪訝そうに供頭が声をかけた。

「いや、死体を町奉行所へ運べ。ここからならば、北町奉行所が近かろう」

「町奉行所でございまするか」

供頭が指図に戸惑った。

「我らは、狼藉者を討ち果たしたのではない。辻斬りを退治したのじゃ。老中首座が自ら城下の憂《うれ》いを払ったのだ」

「それは……」

あまりのことに供頭が絶句した。

「心配は要らぬ。たとえ本物がどう思おうが、名乗り出ることはないのだ。余が辻斬りだと言えば、辻斬りになる。これ以降の被害は別ものになる。最大の懸念は払拭《ふっしょく》された。ここからは模倣した者どもへの対処になる。それは余の与《あずか》り知らぬところよ」

松平定信がこれ以降の責は町奉行にあると宣した。

「はっ。ではそのように」

供頭が指図に従うべく離れていった。

「小僧、余を甘く見るな」

駕籠の簾《すだれ》ごしに、松平定信が江戸城を見ながら嗤《わら》った。

この作品は徳間文庫のために書下されました。

徳間文庫

隠密鑑定秘録㊂

下《か》達《たつ》

2023年9月15日 初刷

著者 上《うえ》田《だ》秀《ひで》人《と》

発行者 小宮英行

発行所 株式会社徳間書店

東京都品川区上大崎三―一―一 〒141―8202
目黒セントラルスクエア

電話 編集〇三(五四〇三)四三四九
販売〇四九(二九三)五五二一

振替 〇〇一四〇―〇―四四三九二

印刷
製本 大日本印刷株式会社

ISBN978-4-19-894883-2 (乱丁、落丁本はお取りかえいたします)

上田秀人「将軍家見聞役 元八郎」シリーズ

第一巻 竜門《りゅうもん》の衛《えい》

八代将軍吉宗の治下、老中松平乗邑は将軍継嗣・家重を廃嫡すべく朝廷に画策。吉宗の懐刀である南町奉行大岡越前守を寺社奉行に転出させた。大岡配下の同心・三田村元八郎は密命を帯びて京に潜伏することに。

第二巻 孤《こ》狼《ろう》剣《けん》

尾張藩主徳川宗春は八代将軍吉宗に隠居慎みを命じられる。ともに藩を追われた柳生主膳は宗春の無念をはらすべく、執拗に世継ぎ家重の命を狙う。幕府の命運を背負う三田村元八郎は神速の太刀で巨大な闇に斬り込む。

第三巻 無《む》影《えい》剣《けん》

江戸城中で熊本城主細川越中守宗孝に寄合旗本板倉修理勝該が刃傷に及んだ。大目付の吟味により、勝該は切腹して果てたが、納得しかねた九代将軍家重は吹上庭番支配頭・三田村元八郎に刃傷事件の真相究明を命じる。

上田秀人「織江緋之介見参」シリーズ

第一巻
悲恋《ひれん》の太刀《たち》

天下の御免色里、江戸は吉原にふらりと現れた若侍。名は織江緋之介。剣の腕は別格。彼には驚きの過去が隠されていた。吉原の命運がその双肩にかかる。

第二巻
不忘《わすれじ》の太刀《たち》

名門譜代大名の堀田正信が幕府に上申書を提出した。内容は痛烈な幕政批判。将軍家綱が知れば厳罰は必定だ。正信の前途を危惧した光圀は織江緋之介に助力を頼む。

第三巻
孤影《こえい》の太刀《たち》

三年前、徳川光圀が懇意にする保科家の夕食会で起きた悲劇。その裏で何があったのか――。織江緋之介は光圀から探索を託される。

徳間文庫　書下し時代小説　好評発売中

全十巻完結

六　鳴動《めいどう》の徴《しるし》

激しく火花を散らす、紀州徳川、甲府徳川、館林徳川の三家。甲府家は事態の混沌に乗じ、館林の黒鍬者の引き抜きを企てる。風雲急を告げる三つ巴の争い。賢治郎に秘命が下る。

七　流動《るどう》の渦《うず》

甲府藩主綱重の生母順性院に黒鍬衆が牙を剝いた。なぜ順性院は狙われたのか。家綱は賢治郎に全容解明を命じる。身命を賭して二重三重に張り巡らされた罠に挑むが――。

八　騒擾《そうじょう》の発《はつ》

家綱の御台所懐妊の噂が駆けめぐった。次期将軍の座を虎視眈々と狙う館林、甲府、紀州の三家は真偽を探るべく、賢治郎と接触。やがて御台所暗殺の姦計までもが持ち上がる。

九　登竜《とうりゅう》の標《しるべ》

御台所懐妊を確信した甲府藩家老新見正信は、大奥に刺客を送って害そうと画策。家綱の身にも危難が。事態を打破しようとする賢治郎だが、目付に用人殺害の疑いをかけられる。

十　君臣《くんしん》の想《そう》

賢治郎失墜を謀る異母兄松平主馬が冷酷無比な刺客を差し向けてきた。その魔手は許婚の三弥にも伸びる。絶体絶命の賢治郎。そのとき家綱がついに動いた。壮絶な死闘の行方は。